ココロコネクト
カコランダム

KOKORO-CONNECT KAKO-RANDOM

あ、おかした。好きなの食べていいの？
桐山《きりやま》唯《ゆい》
11歳
ちゅうしたら、おとなになるの？
稲葉《いなば》姫子《ひめこ》
4歳

えっ？ラブホっ？
八重樫太一《やえがしたいち》
12歳
青木義文《あおきよしふみ》
10歳
おしっこでちゃう～
永瀬《ながせ》伊織《いおり》
6歳

「なんで……
なんであたしが責められなきゃなんないの⁉
人が変わってなにが悪いのよ⁉
昔のことなんて知らないっ！」
12/28

「わたしのことは
誰にも話さない。
とても大事」
12/25
「過去をやり直せるとしたら、
君はやり直したいと
思うかい？」
12/27

目次

〈序章〉今年の一月一日は……003
〈一章〉気づきを与えられて始まったという話……019
〈二章〉かつてあった過去……067
〈三章〉昔の自分と今の自分と……114
〈四章〉仕方のないことだから……139
〈五章〉大晦日……169
〈六章〉さようなら……183
〈七章〉天上天下唯我独尊……215
〈八章〉もう一度やり直す……245
〈終章〉シンプルに言うだけで……307
あとがき……316

ココロコネクト カコランダム

庵田定夏

Famitsu Bunko
ファミ通文庫

イラスト／白身魚

序章

今年の一月一日は

元日、八重樫《やえがし》太一《たいち》は地元の神社《じんじゃ》を訪《おとず》れていた。

普段はまったりとした空気が流れているここも、今は参拝客《さんぱいきゃく》と立ち並ぶ出店でがやがやと賑《にぎ》やかだ。

ソースの香《かお》りや甘いお菓子《かし》の香りが広がる人混みの中、太一は、黒のロングコートを着た稲葉姫子《いなばひめこ》と——焦《あせ》っていた。

「あ〜〜〜、くそっ！　こっちも見当たらねえぞ」

白い息を吐《は》きながら、稲葉は乱れたセミロングストレートの黒髪《くろかみ》を撫《な》でつける。

「稲葉の方もダメか。……どこ行ったんだ？」

「どこいったー！」「いったー！」

太一の両の手に繋《つな》がれた、まるで桐山唯を小学校低学年時代に戻したかのような少女と、永瀬伊織を幼稚園児時代に戻したかのような少女が、共に声を上げる。

太一達は五人で初詣《はつもうで》に来ていたのだが、その内の一人が今、迷子《まいご》になっていた。

「やっぱりここまで人が多いところは不味《まず》かったか……」

太一が口にすると、稲葉が少し不機嫌《ふきげん》そうに返す。

「しゃーねえだろ、来ちゃったんだから」

「しゃーねえぞー！」「ねえぞー！」

「早く見つけないと……。普通に子供がトラブルに巻き込まれるだけでも危ないのに、あいつの状態を加味《かみ》すると……」

かなり、危険だ。

「うだうだ言われなくてもわかってるよ、んなことは。ちっ、携帯《けいたい》は持たせておくべきだったか……。でも勝手にいじられるのも……」

「つーか、そもそも初詣に来ようとしたことが間違《まちが》いだろ？」

「今更《いまさら》文句垂《た》れるんじゃねえよ、太一。お前も『文研部《ぶんけんぶ》で初詣行くって言ってた約束あるしな』ってノリ気だったろうが」

「だったろうがー！」「ろうがー！」

「さっきからうるせえぞ、そこのガキ二人！」

稲葉が八つ当たり気味にしかりつける。

が、桐山唯《きりやまゆい》に似た少女も、永瀬伊織《ながせいおり》に似た少女も、全く聞く耳を持たなかった。

「うるせえぞー！」「せえぞー！」

「こいつらダメだ……キリがない。放っといて早いとこ青……じゃない義文を捜しに行こう」

また稲葉と、少女二人を連れた太一とが別れようとした時だ。

前方からとことこと、まるで青木義文を小学校低学年時代に戻したかのような少年が歩いてきた。

「ねえねえいなば姉ちゃん！　つぎリンゴあめかいたいからお金ちょうだい！」

自分が迷子になっていた自覚はなさそうだった。

「でいっ！」

「いたあっ!?」

当然の如《ごと》く、稲葉に殴《なぐ》られる（チョップで）。

「な、なんだよ～。かってくれたっていいじゃんか～」

青木《あおき》を幼《おさな》くしたような少年が涙ぐむ。

「散々こっちに心配をかけといてどの口が言うんだぁ～？」

「……稲葉、そんな怖がらせなくてもいいだろ。無事《ぶじ》だったんだし。でも、あんまり一人でどっか行っちゃダメだぞ？」

太一が言うと、青木に似た少年は「は～い」と返事をした。

悪気はなさそうだし、一度言えば約束は守るだろう。

「よし、なら稲葉、リンゴ飴《あめ》買ってやれよ」

「あぁん？　さっきわたあめ買ってやったばかり……まあどうせ後で青木に請求《せいきゅう》する

んだからいいか。……ほらっ」

「やった！」

稲葉からお金を受け取ると、青木に似た少年は嬉々《きき》とした表情で列《れつ》に並びに行く。

「真っ直ぐ帰ってこいよ！」

太一が声をかける。と言っても、こちらの視界内にいるので見失うこともないだろう。

とりあえず、一難《いちなん》は無事解決したようだ。

「そうだ、二人はいいのか？」

「これあるもん！」「もん！」

太一を見上げる二人の少女は、当分食べるのを忘れていたらしいわたあめを口に運ぶ。

「遠慮《えんりょ》しなくてもいいんだぞ？　お兄ちゃんが買ってあげるから」

「お前、小さな女の子にはとことん甘いよな」

「『小さな女の子』に限定するな。普通に子供に甘いって言《い》え」

小さな女の子に優しく接するだけで要らぬ疑いをかけられるとは、嫌な世の中になったものである。

「ていうか、そんだけ子供に激甘なんだったら、その恩恵《おんけい》アタシにも分けてくれよ？」

「……なんかおごれとでも？」

「そーゆーこと」

「なぜ稲葉に……」

言いかけて太一はやめる。いつもお世話《せわ》になっている訳だし、更には少々負い目もある訳だし、少しくらい構わないだろう。

「……後ろのポケットに財布《さいふ》入ってるから勝手にとってくれ」

「りょーかい」

稲葉はひょいっとポケットから財布を抜くと、百円玉を一枚取り出した。

「たぶんこれがベスト……」

「ん？　百円じゃなにも買えなくないか？」

「ああ、いいんだよ。じゃ、ちょっとだけ待っててくれ」

言い残して、稲葉はすぐ側《そば》のたこ焼きを売る出店に走っていく。

反対に目をやると、青木に似た少年はまだリンゴ飴を買えずに列に並んでいた。少し時間がかかりそうだ。

六個入りのたこ焼きを買って稲葉が戻ってきた。

ぷすりと楊枝《ようじ》を刺《さ》し、たこ焼きを持ち上げる。

と、稲葉はそのたこ焼きを太一の顔の前に持ってきた。

「ほら、口開けろよ」

「ちょ、ちょっとストップ。……なんで？」

「一人で六個もたこ焼きは要らない。でもたこ焼きは食べたい。だからお前に二個食べて貰《もら》おうと思った。そして三分の一のお金を払わせた。お前にはたこ焼き二個を食べる権利《けんり》がある。オーケー？」

前もって準備してあったかのように稲葉はさらさらと述《の》べた。

「オーケー……だけどだったら自分で食べるって」

「両手、ふさがってるだろ？」

「いや、そんなもん手を放せば——」

「迷子になると不味いから手を繋いでおこうって言い出したのはお前だろ？　二人共お兄ちゃんに手を放されるの嫌だよな～？」

「いやー！」「やー！」

「だ、そうだ」

……なんだか計算し尽《つ》くされたかの如く逃げ道がない。

「わかったよ……。ただもう少し冷めてからに——」

ふーふー。

「ほら、冷めたぞ？」

一難去ったばかりなのに、まさかこんな試練《しれん》（？）を迎えるとは思わなかった。

太一は観念《かんねん》して口を開く。

「あーん……ってもっと口開けよ」

「あ、あーん」

たこ焼きが、稲葉の顔が、近づいてくる。

恥《は》ずかしさのあまり目を逸《そ》らそうとして、それも変かと思い向き直る。

長いまつげに縁《ふち》取られた切れ長の目と、太一の目が、ばちりと合う。

一度捉《とら》えられたら逃げられなくなるような、魔性《ましょう》の目だ。

たこ焼きが口の中に放り込まれる——。

カシャ。

カメラのシャッター音が聞こえた。びくっと体を震《ふる》わせて、太一は音のした方を向く。

着物《きもの》姿の女性が、携帯電話を構えて立っていた。

キラリと、メガネが輝《かがや》く。

いつものように纏《まと》め上げた髪には一本のかんざし。

きまりにきまった、一年三組学級委員長兼『恋愛マスター（通称《つうしょう》）』兼『愛の伝道師《でんどうし》（自称《じしょう》）』、藤島麻衣子《ふじしままいこ》だった。

「奇遇《きぐう》ね、稲葉さん、八重樫君。そして明けましておめでとう」

一難去って、また一難。

いつもいつも、仕組まれているんじゃないかと疑いたくなるタイミングで出没《しゅつぼつ》する奴だった。

ひとまず太一と稲葉も新年の挨拶《あいさつ》を返す。

「それで、なんだか面白い場面だったわね。思わず写真撮《と》っちゃった」

「もぐもぐ……撮るな、消去しろ」

た)。

太一は少し強めの口調で言った(のだが咀嚼《そしゃく》中だったのでなんだか締まりがなかった)。

この画像が残るのはかなり、不味い。

「嫌よ。こんな愛に溢《あふ》れたハーレムシーンなんて、なかなか見られないもの」

「ハーレムじゃねえよ」

「可愛《かわい》い女の子に両側から挟まれて、更に稲葉さんから『あーん』されてる状態がハーレムじゃなかったら、いったいなにがハーレムになるのかしら?」

「……すいませんでした藤島さん」

なんだかわからないが謝ってしまった。

「でも八重樫君が稲葉さんとって……。永瀬さんのことはいいの?」

「わたしー?」

永瀬、という名前に、太一と手を繋いでいる永瀬に似た少女が反応を見せる。

太一はとっさにしゃがみ、手を放して永瀬に似た少女の口を押さえた。

「むーふー!?」

「お願い、今から『いい』って言うまでお口チャック、できる?」

戸惑《とまど》っている様子だったが、永瀬に似た少女はこくこくと頷《うなず》いた。素直でいい子だ。

「なに? 今のやり取り?」

「な、なんでもない。気にするな」

太一が言っても、藤島はじろじろと怪訝《けげん》そうな目を向ける。

「なんだかかなり怪《あや》しいけど……まあ一旦置いておくわ。で、どうして新年早々稲葉さんとイチャついてるの？　永瀬さんは？」

「べ、別にイチャついてる訳じゃ……。それに誰《だれ》と付き合っている訳でもないし……」

そう、まだ自分は誰とも、もっと言うなら『どちらとも』付き合ってはいない。

「なるほど、中途半端《ちゅうとはんぱ》な状態をキープして、いっぱい愛し愛されちゃおうって腹づもりね。でも八重樫君。そういう男って、最後には痛い目に遭《あ》うから気をつけなさいよ」

「だ、だからそんな意図《いと》ないって……」

「意図はないけど自然とそうなる、って？　なんて罪作りな男なの。一度愛の伝道師として鉄拳制裁《てっけんせいさい》を加えた方がいいかしら」

「愛を伝える奴が鉄拳を振るうなよ。……つーか稲葉はなんでさっきから一言も否定《ひてい》なりなんなりをしないんだよ！」

「ん？　いや、藤島が変な勘違《かんちが》いして変な噂《うわさ》流してくれたら、既成事実《きせいじじつ》できるかなって」

黒い、黒いぞ稲葉姫子。

「お前こんなピンチの場面で……」

「なんて、冗談だよ。じょ・う・だ・ん」

最近、稲葉がどこからどこまで本気なのか全然読めない。

　全て計算尽くのようにも見えるし、特になにも考えず場当たり的にこちらをからかっているだけのようにも思えるし……。

「ま、写真はちっと不味いよな」

　呟《つぶや》きながら稲葉は藤島に近づいていった。そして藤島にごにょごにょと耳打ちする。

　途端《とたん》に藤島の目が鋭《するど》くぎらついた。

　かと思うと、藤島は瞬時《しゅんじ》に携帯電話を操作《そうさ》し、稲葉に画面を提示。

　稲葉がその画面をチェックし終えると、二人はがっちりと固い握手《あくしゅ》を交わした。

　何事もなかったかのように稲葉が太一の横に戻ってくる。

「なんだ……いったいなんの取引《とりひき》があったんだ……？」

　簡単に藤島が譲歩《じょうほ》するとも思えないのだが……。

「気にするな、太一。アタシ達の話だ」

「そうよ、八重樫君。男の子が入ってはいけない、女の子だけの花園《はなぞの》というものがあるのよ。フフフフ……」

　藤島がじゅるりとよだれを拭《ぬぐ》った。

　掘り下げると恐ろしいものが出てきそうだ。見なかったことにしよう。

「ま、写真消してくれたんならいいや。じゃ、じゃあな、藤島。また新学期に――」

「それはそれとして、よ」

　藤島がくいとメガネを持ち上げる。

「八重樫君とお手々を繋いでいる可愛らしいお嬢《じょう》さん方はどなた？」

やはり、食いつくか。

「い、いや、親戚《しんせき》の子達だが？」

「八重樫君の？」

「ま、まあな」

太一が返事をした瞬間、稲葉がキッと太一を睨《にら》んだ。

「……バカ。……そこはあいつらの親戚って言っとけよ」

しまった。確かにその通りだ。

「へえ。そっちの子はとっても永瀬さんにそっくりで、そっちの子はとっても桐山さんにそっくりなんだけど、珍《めずら》しいこともあるのね」

「そっくり？　あたし桐山ゆ——もうっ!?」

話し始めてしまった桐山に似た少女の口を稲葉が塞《ふさ》いだ。そのまま体を抱きしめるようにして引き寄せる。稲葉の腕の中で桐山に似た少女が「うーうー」と暴れている。

当然ながら藤島が、もの凄《すご》く訝《いぶか》しげな目でこちらを見てくる。

「……なんで口を塞いでるの？　……というか見れば見るほど永瀬さんと桐山さんにそっくりね。二人の子供の時って、まさしくこの子達みたいだったんじゃ——」

「いなば姉ちゃーん。やっとかえたー」

その時、青木に似た少年がリンゴ飴を掲《かか》げながら戻ってきた。

「あら？　今度は稲葉さんの親戚の子……って、この子……もうびっくりするくらいに青木君に似ているような気が――」

「しまった！　約束の時間に遅れる！　走るぞ太一！」

叫《さけ》ぶと同時、稲葉は唯に似た少女の手を引いて駆《か》け出した。途中、たこ焼きを落とさないようにしながら肘《ひじ》で青木に似た少年の頭を押す。

「走れっ！　走ったら後でなんでも好きなもの買ってやる！」

「え、ホントに！　おっしゃー！　ダッシュ！」

「だからって適当《てきとう》に走ればいいんじゃねえぞ!?　アタシの横を走れ！　あっ……バカ野《や》郎《ろう》！　また迷子になる気か!?」

「お、おい！　待ってくれっ」

少し遅れて、太一も藤島に背を向ける。前方を行く稲葉たちは猛《もう》ダッシュしていた。

「ちょっとだけ我慢《がまん》してくれな」

太一は永瀬に似た少女を抱きかかえ、走って稲葉の跡《あと》を追う。

「わあああ！　はやあい！　たかあい！」

だっこされて移動するのが楽しいらしく、永瀬に似た少女がきゃっきゃと体を揺らす。

「わかったからじっとしてくれ！　わたあめを振り回すな――わぷっ!?　おうっと!?」

わたあめクラッシュを喰《く》らって視界を失い、太一は人にぶつかってしまった。

「いった～～～」

「あ、す、すいませんっ」

「いえ、大丈夫なんで……って、あれ？　お兄ちゃ……」

目の前で、浮かべかけた愛想笑《あいそわら》いを途中で消したのは、

「お兄ちゃ～ん？」

――半眼《はんがん》で睨みを利《き》かせ出す太一の五歳年下の妹だった。

色々と事情があって、最近妹はもの凄ーく機嫌が悪い。

「お前……なんで……」

悪い巡《めぐ》り合わせとは、こうまで続くものなのか。

「わたしは友達と……って、それよりお兄ちゃん？」

妹はにんまりと笑みを浮かべる。ちなみに目は一切笑っていない。

「お兄ちゃんが抱えているちっちゃな女の子は誰なの？　親戚の子ではないよね？　まさか個人的な知り合いってこともないだろうし、場合によれば警察《けいさつ》に連絡した方がいいような気もするね」

「なぁにー？」

太一の腕の中の少女が首を捻《ひね》ると、妹がギロリと睨んだ。

本当に……機嫌が悪い。

「すまんっ！　後で説明するから今は許してくれっ！」

「お、お兄ちゃん!?」

妹の声を無視して太一は逃走した。

家に帰ってから、この逃走の代償《だいしょう》を払うことに怯《おび》えつつ、なんとか稲葉に並び、神社周辺の人混みの中から抜け出した。

藤島も妹も、後ろから追ってくる気配はなかった。

「はぁ……はぁ……知り合いに会う可能性があるのに気を抜きすぎてたかもしれん……。調子に乗った」

荒い呼吸をしながら稲葉が反省《はんせい》の弁《べん》を漏らす。

「ああ……かもな……。今日は大人しくしておこうぜ。……ん、メール？」

太一は携帯電話を開く。

着信メールは二通。

送信相手は……、藤島麻衣子＋妹。

『新学期が始まったらたっぷり事情を聞かせてね。納得できるまで逃がさないんだから、ばきゅん♡』

ハートが、ハートが恐いです藤島さん。

『説明求ム。場合ニヨッテハ覚悟セヨ』

カタカナが、カタカナが恐いぞ我が妹。

太一は暗澹《あんたん》たる気持ちで項垂《うなだ》れ、呟く。

「どうして……こんなことになってしまったんだ……」

「しまったんだー!」「んだー!」

「唯も伊織も……、元気そうでなによりだよ……」

今回の事件の象徴《しょうちょう》である二人の少女を眺《なが》めながら、太一は深く溜息《ためいき》をついた。

同級生の友人の、子供の頃の姿と、直接的に触れ合う。

そんな、タイムマシンの完成した世界でもないと実現しないはずのことが、今目の前で起こっている。

『あり得ないけどあり得ている』今回の話の始まりは、クリスマス、私立山星高校《しりつやまぼしこうこう》の終業式の日にまで遡《さかのぼ》る——。

一章　気づきを与えられて始まったという話

『人格入れ替わり現象』があった。

『欲望解放《よくぼうかいほう》現象』があった。

信じられないような事態に巻き込まれた一年が、終わろうとしている。

〈ふうせんかずら〉と初めて遭遇《そうぐう》したのは、約四カ月前。それから起こった出来事が強《きょう》烈《れつ》過ぎて、実は今年の前半に関する記憶《きおく》がぼやけ気味だったりする。

受験もあったし、高校入学という大きめのイベントもあったのに、だ。

今から振り返ってみれば、自分はとても『普通』の人生を送っていたと思う。

ところがそんな『普通』は、突如《とつじょ》巻き起こった自然災害によってあっという間に吹き飛ばされてしまった。

どうすれば自分は『普通』を失わずに済んだろうか。

私立山星高校《しりつやまぼしこうこう》に入らなければ。

文化研究部《ぶんかけんきゅうぶ》に入らなければ。

文研部の仲間と出会わなければ。

そうすればもっと普通の高校生活を送れていたかもしれない。

成績《せいせき》だって下がらなかったかもしれない。

けれど。

自分は、山星高校に入り、文研部という今年創設《そうせつ》された寄せ集め部活に加入し、文研部の仲間と出会ったことを、少しも後悔《こうかい》していない。

もしやり直す機会《きかい》があっても、自分は間違《まちが》いなく今と同じ道を行こうとするだろう。

大切なものを失うことがあったかもしれない。

でも、大切なものを得る機会の方が多かった。

少なくとも、八重樫太一《やえがしたいち》はそう思っている。

□■□■□

講堂《こうどう》で開かれた終業式の集会の後、各クラスに戻ってのホームルームが行われる。

太一のクラスである一年三組の教卓《きょうたく》に立つのは、担任教師《たんにんきょうし》の後藤龍善《ごとうりゅうぜん》（あだ名はごっさん）。ノリと緩《ゆる》さが売りの物理《ぶつり》教師だ。

「つーことで校長先生や生活指導《しどう》の先生がなんやらかんやら言っていたけど、休み中は犯罪とか変な不祥事《ふしょうじ》とか起こさなければなにやってもいいからな。とにかく俺《おれ》が呼び出される事態だけは起こすなよ！」

清々《すがすが》しいくらい正直《しょうじき》な教師である。美徳《びとく》と思うことにしておこう。

「さて、プリントは配《くば》ったし……。なにか言い忘れていることはないか、藤島《ふじしま》？」

「先生がなにを伝えろと言われているのか知りませんが、私の思い当たる限りでは特にないと思います、先生」

答えを返すのは学級委員長、藤島麻衣子《まいこ》。

責任感《せきにんかん》が強くしっかり者の彼女に、最近後藤はなにかと頼《たよ》りっぱなしである（後稲葉《いなば》姫子《ひめこ》にもよく頼っている）。

「あ、そう言えば今日はクリスマスだな。だからってラブホ行くなよ！　高校生は入店禁止だ！　ついでにお互いの家でやるにしてもセーフセックスは絶対だぞ！」

「最近は色々とうるさくなってきているので、セクハラと捉《とら》えられかねない発言は控《ひか》えた方がいいと思います、先生」

藤島は最早《もはや》、後藤のお目付役《めつけやく》に近い。

「じゃ、んなところだな。ちょっと終わるには早いが、今日は怒られんだろ。解散《かいさん》！」

号令《ごうれい》と共に、生徒達がわいわいと騒《さわ》ぎ出す。終業式なので、教室にはいつもより浮かれた空気が漂《ただよ》っていた。

「よ、八重樫。お前はごっさんが最後に言ってたことの心配はないんだよな？」

友人である渡瀬伸吾《わたせしんご》が声をかけてきた。

「ねえよ。渡瀬もなんだろ？」

スポーツマン、イケメン、明るいと三拍子《さんびょうし》揃った奴だが彼女はいない。狙っているのが難攻不落《なんこうふらく》の藤島麻衣子だからだ。あの手この手で揺さぶろうとしているようだが、藤島はぴくりとも揺らいでくれないらしい。

「うるせえ。それよかさ、冬休み遊びに行くって言ってた話なんだけど——」

「おい、太一。先行っとくぞ」

「太一も早く来てね～」

「お、おう」

稲葉と永瀬《ながせ》伊織《いおり》が太一に声をかけてから教室を出ていった。

「なんだ？　なんかあんのか？」

「この後文研部でクリスマスパーティーみたいなことしようって……」

「か～ホント、お前らすっげえ仲《なか》いいよな。でも確かにこんだけ仲いいと、今更《いまさら》グループ内で誰《だれ》かと付き合ったりってのも案外難しいのかもな」

「いやぁ……、その心配はないみたいなんだけど……」

「じゃあさっさと永瀬と付き合えよ？」

「……でももっと厳《きび》しい状況に追い込まれているというか……」

「お前ははっきりしねえよなぁ、そこんとこ」

はっきりしなければ、とは思っているのだ。

思っているのだが……。

「ま、いいんだけどさ。じゃあ急いでるみたいだし、遊びの件はまた後でメールするわ」

「わかった」

渡瀬が席を離れ、太一も立ち上がる。

それから他の友人達とも、二、三会話を交わす。

クリスマスの予定がどうだとか、年越《としこ》しの瞬間《しゅんかん》はああだとか、一月四日はなんの日だとか、冬休みの宿題がふぁっくゆーだとか（太一はそんなこと思っていない）。

……なんだかんだと時間が経《た》ってしまった。

早く行かなければ他のメンバーに怒られてしまう。太一は急ぎ足で教室を出た。

窓際の女子グループが「八重樫君、また来年～」と手を振ってくれる。

ここ数カ月、おかしな事態に巻き込まれ、おかしな振る舞いをすることも多かった文研部員達を、温《あたた》かく見守ってくれたクラスメイト達には素直に感謝《かんしゃ》だ。

異常な世界に捕《つか》まって、太一は、日常がどれだけ素晴《すば》らしいものか、もう知っている。

と――その時だ。

とんとん。

肩《かた》を叩《たた》かれた。

なんてことはない、いつもの学校で、普通に、誰かに、肩を叩かれただけだ。

なのに。
次の瞬間全身に鳥肌《とりはだ》が立った。

普通じゃ、ない。
そんな気配《けはい》を学校の廊下で感じた。
この世のものとは決定的にどこか違うような空気が充満《じゅうまん》する。
自分はこの臭いとでも言うべきものを、よく知ってしまっている。
違う、と太一は無理矢理に首を振った。
ここはまだ日常のはずだ。
確かに文研部室が、異空間に侵食《しんしょく》されることはあった。
でも、まだここは侵《おか》されていないエリアだ。
奴がどれだけ神出鬼没《しんしゅつきぼつ》であろうと、そこには奴なりのルールがあるはずで――。
周囲のざわめきが、遥《はる》か遠くに消し飛ぶ。
振り返りたくない。
けれど、向き合わなくてはならない。
逃《のが》れることは、できないのだから。
太一は唾《つば》を飲んで、後ろを振り返る。

そこには、嫌な予感通り、後藤龍善――ではなくショートカットでボーイッシュな女の子が立っていた。

陸上部の、大沢《おおさわ》美咲《みさき》だ。

後藤ではなかったことに、太一は一瞬たじろぐ。

なんだ、変に自分が妄想《もうそう》してしまっただけだったか。

〈ふうせんかずら〉が現れたような感覚がしたのだが、どうやら勘違《かんちが》い――。

いや。

大沢の目が半分くらいしか開いていない。

気怠《けだる》げな、奴と同じ雰囲気《ふんいき》が漂っている。

〈ふうせんかずら〉なのか。

だが、佇《たたず》まいはどこかいつもの〈ふうせんかずら〉と違っている気もして――？

「……大沢？」

恐る恐る、太一は尋《たず》ねかけてみる。

「……君には、ナイトになって貰《もら》うから」

ゆったりとしたリズムで、大沢は言った。

はきはきと喋《しゃべ》るタイプの、いつもの大沢とは明らかに異なっている。

異なって、いる。

「どういう……、ことだ？」

「わたしのことは誰にも言わない。……約束、できる？」

目の前で話す大沢は大沢ではないと確信できた。

そして同時に――、〈ふうせんかずら〉でもない？

「……もし約束破ったら、十二時から十七時を……ずっとにする、いい？」

「待て、いったいなんの話をしているんだ……？」

「もうすぐ始まって、……わかる。じゃあ……、またね」

言い終えると同時に大沢の体ががくりと崩《くず》れた。

「だ、大丈夫か⁉」

太一は駆《か》け寄って大沢の腕《うで》を摑《つか》んだ。

「うっ……え、ちょっと、なんで⁉」

大沢はびっくりしたように目を見開いて立ち上がった。

「あの……わたし……？　……八重樫君？」

「いや……なんか急に大沢が廊下で片膝《かたひざ》をついたから……」

「嘘《うそ》……貧血《ひんけつ》、とかかな？　てかわたし廊下にいたっけ？」

大沢に先ほどまでの記憶はないようだ。

「あ、とりあえずありがとう、八重樫君」

太一が頷《うなず》くと、大沢は首を傾《かし》げながら教室に戻っていった。

「なんだったんだ……今の……？」

ナイト？

誰にも言うな？

十二時から十七時？

ずっとにする？

なにより奴は——大沢に乗り移っていた奴は、何者だ？

不可思議《ふかしぎ》な事態に頭を混乱させながら、部室棟《ぶしつとう》四〇一号室、文化研究部部室に到着《とうちゃく》。

既《すで》に太一以外の全員が揃っていた。

机の上には、ジュースとお菓子《かし》類、おまけにボードゲームが並んでいる。昨日《きのう》の内に準備しておいたものだ。

「おい、これ書いたの太一か？」

いきなり、切れ長の目を細めた稲葉が聞いてきた。すらりとした体型と相《あい》まって妙に様《さま》になる立ち姿だ。

太一は親指で示された黒板《こくばん》の方を見る。

稲葉姫子　永瀬伊織　桐山唯《きりやまゆい》　青木義文《あおきよしふみ》
黒板には、文研部員四人の名前が書かれていた。

「つーか、俺の名前は？　自分で書けということか？」

尋ねると、稲葉の顔がピキリと引きつった。

「お前でもないのかよ……」

「なんかね、部室に来たら書いてあったの。……でも太一も含めて全員書いた覚えがないって言うんだ……」

小柄《こがら》な自分の体を抱くようにした桐山唯が教えてくれた。

「じゃあ……誰が書いたんだ？」

「それがわかってたら、お前にこれを書いたか質問してねえよ」

「まさしく……ミステリーだっ！」

パーマのかかった少し長めの髪《かみ》を揺らす青木義文は、興奮《こうふん》した様子だった。

そんな青木に、手で顎《あご》を支えてわざとらしく気取ったポーズの永瀬が応じる。

「これは……もしかすると誰かが用意してくれた、『黒板に文字を書いたのはだ～れだ』という犯人当てゲームかもしれないな……」

「なるほど、黒板に書かれた言葉はダイニング・メッセージということか、伊織ちゃん。なら犯人は……太一に違いない！　なぜなら一人だけ名前が書いてないからさ！」

「俺じゃねえよ。それに答えの出し方が安易《あんい》過ぎだ。ついでに『ダイニング』じゃなくて『ダイイング』な」

一つのセリフで三つもつっこみポイントを生み出すとは、今日も青木は青木だった。

「もし本当に犯人当てゲームだとしたら……怪《あや》しいのは伊織な気がするけど。だって、言い出しっぺが犯人って一番ありそうじゃない？」

「ゆ、唯……。唯はわたしを疑うのか……」

「違う違う！　言ってみただけ！　こんなに可愛《かわい》い伊織が嘘つくはずないものね！」

「わかってくれるんだね、唯！」

「当たり前よ、伊織！」

ショートコントを演じてがしっと抱き合う永瀬と桐山を尻目《しりめ》に、稲葉は難しい顔で一人呟《つぶや》く。

「誰かがここに入ってきたのか……？　でもなにがしたくて……？」

「ただのイタズラってとこじゃないのか？　名前が書いてあるだけなんだし。……俺の名前が抜けているのは気になるけど」

「名前だけじゃないぞ、太一」

「え？」

稲葉に言われて黒板を見ると、名前以外にも書いてある文字があった。

十二時〜十七時

「なんだ？　この時間……あ」

そういえば、さっき、おかしな状態の大沢が口にしていた時間は……。

――十二時から十七時を……ずっとにする。

大沢ではなかったなにかの声が蘇《よみがえ》る。

ぞっと、背筋が凍《こお》った。

偶然《ぐうぜん》か、それとも――。

部室の時計は、十一時五十分を指している。

先ほどあった出来事を、皆に報告すべきだろうか。

しかし、そいつは「誰にも言うな」と言っていた。「約束を破るな」とも。

現段階では無理に動かず、様子を見るべきだろうか。

まだ、なにかが始まっている訳でもない。

「イタズラにしては訳がわからんが……。なにかなくなってるものはないか？」

稲葉が声をかけ、全員で部室を見回したが特に気になるところはなかった。

「……うーん少し気味悪いが、とりあえず先に始めちまおうか。また後で考えよう」

ジュースで乾杯《かんぱい》して、クリスマスパーティー（喋って遊んで飲み食いするだけ）が始まった。

「ぷはー！　強炭酸《きょうたんさん》うめぇ！」

「……伊織、もうちょっとおしとやかにしたら？　ぐび……すっぱっ!?　ちょっとこれ人が飲むもんじゃなくない!?」

「飲み食い中に立ち上がるなよ唯。アタシが一番おしとやかってどういうことだよ？」

「稲葉っちゃん、稲葉っちゃん。おしとやかな人は、そんな肘《ひじ》ついて二軒目《にけんめ》の居酒屋《いざかや》に突入した四十代サラリーマンみたいなおっさんくさい飲み方しないよ……いだっ!?」

「背筋は伸びてるんだから萎《しお》れてては見えねえだろ！」

騒ぐ四人。

太一も時計をちらちら確認しながら、紙コップを口にやる。

「なに時間気にしてるの太一ぃ～。パーティーは始まったばかりだぜ～」

おどけた調子で永瀬が顔を覗《のぞ》き込んできた。

学年一と噂《うわさ》される美少女顔を近づけられ、太一はどきりとしてしまう。

「あ、いや……」

誤魔化《ごまか》しながら、太一はまた時計を見た。

時刻《じこく》は、間もなく十二時になろうとしている。

なにも起こらないとは思うのだが――。

「うっ……！」

突然の、変調。

呻《うめ》き声を上げた永瀬が、持っていた紙コップを乱暴《らんぼう》に置いた。

「な、永瀬？」

「な……なんか体が熱く……」

急激《きゅうげき》に永瀬の顔色が変わっていく。全身をぶるぶると震《ふる》わせる。

「大丈夫か!?」

太一が聞くも、永瀬は答えを返せない。

「え……うぁ……あたしも熱っ……」

すると隣《となり》の桐山もかすれた声を出す。苦しそうに栗色の長髪を両手で掴んでいる。

「おい、なんだ!?」

「どったの唯と伊織ちゃん!?」

異変に気づいた稲葉と青木が声を上げる。

十二時から十七時。

黒板の文字。

異変。

〈ふうせんかずら〉ではない何者か。

十二時は、なにかの始まりの合図《あいず》で——そう思った次の瞬間。


永瀬と桐山がこの世界から消失した。


「はぁ!?」

どっからでてきたんだというような頓狂《とんきょう》な声を太一は漏《も》らした。

信じられない思いで目尻《めじり》を押さえる。

と、よく見ると、丸っきりそこに誰もいなくなったのではなかった。

先ほどまで永瀬と桐山がいた位置には、ぶかぶかの私立山星高校の制服に身を包んだ可愛らしい女の子二人が座っている。

「な……え……誰……だ？」

戸惑いながらも稲葉が尋ねる。

「というか……永瀬と桐山は……？」

続けて太一も声を漏らす。

黒髪の女の子と、もう一人の、栗色のロングヘアーの女の子は、きょろきょろと周囲を見渡している。

「う～、ふくぶかぶか～」

黒髪の女の子が余った袖《そで》をぶらぶらしながら言った。

「あたしもだー」

そう言うと、栗色の長髪の女の子は自分で腕をまくり出した。ついでに隣に座る自分より小さな女の子の袖もまくってあげる。

「あ、おかしだ。好きなの食べていいの？」

栗色の長髪の女の子が聞いてきた。

太一達がなにも言えずに頷くと、「やりぃ」とビスケットを二枚取った。

そして一枚を黒髪の女の子に差し出した。

「食べる？　はい」

「ありがとー」

二人の女の子は仲よくビスケットをぽりぽりかじり始める。

無意識に太一は隣にいた青木と顔を見合わせ、がしっとお互いの肩を摑み合った。

「あわわわなんですかこれ!?　どうなってんの!?　人体入れ替わりイリュージョン!?」

瞳孔《どうこう》が開いた青木が叫ぶ。

「知らないって！　俺に聞くなよ！　俺の目がおかしくなったのか!?」

「目がおかしくなった……。はっ……そうに違いない！　よし、目を瞑《つぶ》ろう。いーち、にーい、さーん……はいっ、目を開けば元通……りになってないじゃん!?」

「この子達誰なんだ!?　お、親御《おやご》さんは!?　迎えに来て下さいお母さーん！」

太一が錯乱《さくらん》して叫んでいると、乾《かわ》いた笑い声を漏らし、稲葉が席を立った。

そして窓を開け、――渾身《こんしん》の力で叫ぶ。

「なんじゃこりゃあああああああああ!?」

稲葉の声は、こだまになって学校中に響いた。

叫ぶことでなんとか平静《へいせい》を保てたらしい稲葉の下《もと》、現状確認が行われることになった。

結論から言えば（そして『あり得ない』という感情を取っ払えば）、永瀬伊織と桐山唯は時の流れに逆行して子供に戻ったのではないか、という推測《すいそく》がなされた。

　突如文研部室に現れた少女二人は、それぞれ永瀬と桐山をそのまま小さくしたような姿だった（永瀬は小学一年生程度で、桐山は小学五年生程度）。

　ただ永瀬と桐山がミニサイズになった訳ではなく、顔立ちも丸みを帯びて子供っぽくなっているのだ（髪型は今とだいたい同じだった）。

　更にミニサイズ永瀬と桐山が出現《しゅつげん》したのは、つい先ほどまで高校一年生の永瀬と桐山がいる場所だった。目の前にいたのだから、どこかに隠れて入れ替わったということも考えにくい。

　加えてミニサイズ永瀬と桐山が身につけていたのは、永瀬と桐山自身の制服だった。ポケットの中身や携帯電話《けいたいでんわ》まで同じだったので疑いようはないだろう。

　ちなみに服装《ふくそう》の確認作業中、ミニサイズ永瀬が立ち上がるとスカートからパンツまで全部ずり落ちそうになって凄《すご》い勢いで慌てることになった（稲葉が瞬時に太一と青木に目つぶしを喰《く》らわせ、二人が悶《もだ》えている間にずり落ちないための応急処置《おうきゅうしょち》が行われた）。

　そしてとどめとなったのは、当事者二人の主張である。

　ぶかぶかの服にくるまれた（短いはずのスカートはロングスカート状態になっている）二人を並んで座らせ、対面には青木、稲葉、太一が順番に座る。

　ごほん、と稲葉が咳払《せきばら》いをした。

「じゃあもう一度聞くぞ……。名前と年は？　まずはそっちの大きい子から」

「はい！　桐山唯、十一歳！」

活発《かっぱつ》そうな桐山【十一歳】は元気よく答えた。今の唯よりもっと勝ち気で、冬でも走り回っていそうな健康的な女の子に見える。

「……で、そっちの子は？」

「ながせいおり、六さい！」

永瀬【六歳】も元気いっぱいに返事をした。逆行（？）した時に取れたゴムも、またつけてあげたのでまんまミニチュア永瀬だ。

「じゃあ次の質問。このひょろ長くてエロそうなお兄ちゃんは？」

「青木さん！」「あおきおにいちゃん！」

「『エロそうな』は余計だよ、稲葉っちゃん!?」

「じゃ、この結構《けっこう》男前なお兄ちゃんは？」

「太一さん！」「たいちおにいちゃん！」

「お……、俺の場合は褒《ほ》め言葉がくるんですか稲葉さん……？」

流れ的に絶対罵倒《ばとう》がくると思ったのに。

なんだ、慣れてないからどう対処《たいしょ》していいかわからないぞ。

「で、アタシは？」

「稲葉さん！」「いなばおねえちゃん！」

「オーケー。じゃあアタシ達はみんなにとっての……なんだ？」

「え……稲葉さんは稲葉さんだし……。青木さんは青木さん。太一さんは太一さん……としか言えないけど……」「おにいちゃんとおねえちゃんは、おにいちゃんとおねえちゃんだよ？」

「……そうか。じゃあ昨日やったことを覚えているか？」

「……学校に行って、その後道場《どうじょう》に行ったと思うけど……。ぼんやりしていてはっきり覚えてない、かも」「わたしもがっこういったよ。それでね、ともだちとあそんだー」

「じゃあ今度は唯だけでいいんだが……、一週間の時間割を記憶しているか？」

稲葉は桐山【十一歳】に紙とペンを差し出す。

「二学期のだよね？　だいたいでいいのなら……」

時偶《ときたま》「う～ん」と悩みながら桐山【十一歳】はペンを走らせる。

「はい、できた。たぶん合ってる……と思う」

稲葉は携帯電話を開き、先ほど知り合いを伝いに伝い、『桐山が五年生当時在籍《ざいせき》していたクラスの時間割』を持っていた奴に送って貰った写真と、桐山【十一歳】が書いた時間割を見比べる（物持ちのいい奴もいたものである）。

「……ほぼ正解だ。……ちょっと勝手に遊んどけ」

「はーい。じゃあ遊ぼっか、伊織ちゃん？」

「あそぼー！　これしたい！」

「え～、オセロなんてできるの～？」

「できるもん！」

二人は姉妹《しまい》のように仲よく遊び始めた。

微笑《ほほえ》ましい様子を渋《しぶ》い表情で眺《なが》めつつ、稲葉が口を開く。

「改めてまとめてみると、だ」

永瀬と桐山は、逆行して肉体的にも精神的にも幼《おさな》かった頃に戻った。

周囲にいる人間の存在や状況は、ある程度自分達にとって都合《つごう》よく解釈《かいしゃく》される（永瀬達は周囲の状況に疑問を抱《いだ》いている感じがなく、そこにいるのが当然のように振る舞っている。しかし「じゃあなぜ自分達がここにいるか？」といった理由を尋ねると、上手《うま》く答えられないようだ）。

二人は逆行して戻った当時の記憶をいくらか保持《ほじ》している（昨日なにをしたか覚えているような完璧《かんぺき》な記憶ではない。謎《なぞ》の現象で『今ここ』に突然出現した存在なので、それも当然なのかもしれないが）。

「——ということだな。……ってなにが『ということだな』だよ！　あり得ねえよ！」

稲葉がセルフつっこみを入れていた。なかなかの動揺《どうよう》っぷりである。

今展開されている推測は、もし太一達が『普通』の世界しか知らなかったならば、決してまかり通らなかったものだ。

第一、そんな推測をしようという議論《ぎろん》になったかどうかさえ怪しい。

なにかおかしいなとは思いつつも、目の前に現れた子供達を普通に職員室になり警察になり届け、いなくなった永瀬と桐山を捜しに行っただろう。それが『普通』の行動だ。

けれど今太一達は、『普通』の行動を取っていない。

『普通』ではない世界があるのだと知っているから。

それは手を替え品《しな》を替え何度も訪れるのだと知っているから。

訪れたそれに対して自分達は対応せざるを得ないのだと、知っているから。

「これさ、マジでやばくね？」

青木が言う横で、稲葉はぶつぶつ呟く。

「細胞《さいぼう》レベル……いや下手すりゃ分子《ぶんし》レベルで人体の再構築が行われている……？　精神や記憶さえも……？　しかも都合がいいように調整された形で……？　過去の人間をタイムリープ的に連れてきて置き換えた……のではないよな……、たぶん」

「この子達って……どういう存在なんだ？」

太一は子供になった二人を窺《うかが》いつつ言う。

「どういう存在……か。答えられそうにないな。……それこそ、本当ならここにいないはずの存在なんだから」

なにがどうと言うより、根本《こんぽん》からここにいてはいけない、存在。

「つか……じゃあ今、元の唯と伊織ちゃんはどこに存在してる訳？」

青木が尋ねる。

「……どこかに存在しているかもしれないし……、もしかしたらどこにも存在していないかもしれない。人間が丸々変化してしまったと考えればそうなる……ん？」

なにかに気づいたようで、稲葉が眉間《みけん》にシワを寄せる。

「無駄《むだ》に不吉な話になってしまうんだが……、極端《きょくたん》な話、ここにいる子供の伊織か唯が交通事故にでも巻き込まれて死んだとするだろ……そうなると……どうなる？」

「ここにいちゃいけない人間の死体があって……、……やめよう……考えたくない。というか大前提《だいぜんてい》として、二人はいずれ……元に戻るよな？」

太一の言葉に、稲葉は目を瞑って首を振る。

「元に戻るはずだ。たぶん、な。……今までの経験則《けいけんそく》からすればそうだろ？」

こんなことが起こる原因は。

こんなことが起こせる元凶は。

「……〈ふうせんかずら〉のやることなら、か」

青木が、太一達を異常な世界に引き込んだ者の名前を口にした。

どんな摩訶不思議《まかふしぎ》な事態でも、「あいつならばあるいは」と思えてしまう、存在だ。

「三度目ともなると……ちょっと冷静でいられちまうな。クソが」

稲葉が毒づく横で、太一が声を上げる。

「あの……でも俺――」

今日のお昼前、自分は。

「……なんだ？　途中で言うのやめて？」

稲葉が、太一の目をじっと見つめる。

何者かに乗り移られた大沢。

そいつが勝手に求めた約束。

威圧的《いあつてき》ではないのに、圧倒的《あっとうてき》に上位に立たれているとこちらが自覚するだけの、なにか次元さえ違うもの。

事前接触があったのは自分だけらしいという事実。

色んな情報がごちゃごちゃと混ざり合って、結局太一は稲葉から視線を逸《そ》らした。

「いや……、なんでも……ない」

そいつがどんな存在であるか、〈ふうせんかずら〉との関係がどうなっているのか、今起こっている現象がどういう種のものであるか、その全てがわかっていない。

あの一方的に決められた約束も、もしかしたら大変な重みを持つものかもしれない。

せめてもう少しなにかがわかるまでは、判断を保留《ほりゅう》しておこう。

「なんだよ、気づいたことがあるなら言えよ?」

稲葉に言われ、太一は曖昧《あいまい》に頷き返した。

「でさ、これが〈ふうせんかずら〉のやることならさ……オレ達もたーぶん、『こうなっちゃう……ってことだよね?』

青木はおどけ半分だったが、内心の焦《あせ》りは隠し切れていなかった。

過去二回の事態を踏《ふ》まえれば。

「アトランダムに……誰かが子供になる……」

「待て、待て、待て、待て待て待て待てっ！」

太一の呟きに、稲葉が尋常ではなく取り乱す。

「そ、そんなに慌《あわ》ててどったの稲葉っちゃん？」

「アトランダムに……じゃあ例えば町の中で現象が起きたとするぞ!?　どうなる!?」

「急に町の中で誰かが子供に……いっ!?」

太一の想像も稲葉が考えたであろうことに追いつき、血の気が引いた。

「物理的変化は……人の目に見える」

稲葉の声は、震えていた。

恐怖《きょうふ》に、怯《おび》えていた。

「アタシ達……もう外に行くことすらできなくなるんじゃないのか？」

外に、行くことさえ、できない。

その単純なセリフを理解するのに、酷《ひど》く時間がかかってしまった。

「え……あれ？　ええ!?　いやでも……確かに……そうだ……あ」

青木が頭を両手で抱え、口をあんぐりと開けた。

奴らはいったいどれほどのことができてしまうというのだ。

「ねーねー」

いつの間にか近づいて来ていた桐山【十一歳】が、稲葉の制服を引っ張った。隣には永瀬【六歳】を連れている。

「な……んだ？」

「伊織ちゃんがトイレ行きたいって言うから、連れてくね」

きちんと面倒《めんどう》見てあげてるんだよ、と桐山【十一歳】はどこか誇《ほこ》らしげだった。

「よしっ、行こっ」

「はーい！」

手を繋《つな》いだ二人は、仲よく扉の方に向かっていく。

「待て待て待て待てバカ野郎！」

切羽《せっぱ》詰《つ》まった表情で稲葉が二人の前に立ち塞《ふさ》がる。

「へ？　なんで？」

桐山【十一歳】が首を傾げる。

「お前らを外に出す訳にはいかん！」

「え……でも……」

「おしっこでちゃう〜」

永瀬【六歳】が足をもじもじと動かす。

「で、出ちゃうじゃねえよ！　はしたないっ！」

「いや稲葉……子供なんだから……」

どうでもいいのに、太一はそんなところにつっこみを入れてしまう。

「もうじぶんでいく～」

「自分で行けばいいってもんじゃねえんだよ！　校内にぶかぶかの高校生の制服を着た小学生がいたらダメなんだよ！」

「お……おもらししちゃう……」

ついに、永瀬【六歳】が涙目になってしまう。

「あ～～くそっ、わかったよ！　太一、青木！　外に出てトイレまでの進路を確保しろ！　絶対に誰にも見られないよう警戒《けいかい》に当たれ！　トイレ内はアタシが受け持つ！」

ただ永瀬【六歳】がトイレに行くだけなのに、その物々《ものもの》しさは戦時中の第一線を思わせるほどだった。


無事、トイレ隠密侵攻《おんみつしんこう》作戦は完遂《かんすい》。

その後太一達は、びくびく怯えながら時間が過ぎるのをただ待った。

いつ自分達に、永瀬達と同じ変化があるかわからない。

対策《たいさく》を立てようともしたが、不確定要素《ようそ》が多過ぎて特になにもできなかった。

一方永瀬【六歳】と桐山【十一歳】は、たまにお菓子を食べながら、自分達で勝手気ままに遊んでいる。

永瀬と桐山が元に戻るのを今か今かと期待《きたい》しつつ見ていても、なんの変化も起きなかった。

外はもうかなり暗くなってきている。

「まさかずっと二人がこのままなんてことは……ないよな？」

永瀬と桐山があまりに長い時間戻ってこないので不安になったのだろう。稲葉が問いかけた。

「ない……だろ。流石《さすが》に」

唐突《とうとつ》に、人の人生が根底《こんてい》から覆《くつがえ》されてしまうなんてこと、あって堪《たま》るか。

「おお……もう五時じゃん。……ついに」

青木が声を上げる。

それは、太一達が話し合う中で唯一『希望』として見出した時刻だ。

太一は壁掛《かべか》け時計を見る。もう間もなく長針《ちょうしん》が『十二』の位置に辿《たど》り着きそうだ。

それから太一は黒板の文字に目をやった。

十二時～十七時

——もしかしたらこの現象が起こるのは『十二時から十七時』の間ではないのか。

偶然にしては疑問の残るタイミングで書かれていた黒板の文字。

そして、永瀬【六歳】と桐山【十一歳】が出現したのは十二時だった。

たった二つの根拠《こんきょ》からくる、脆弱《ぜいじゃく》な推論だ。

けれど、もしかしたらという思いが三人の中にはあった。

特に太一は、何者かに「十二時から十七時」と直接言われているから、尚更《なおさら》だ。

太一は、まだ稲葉と青木に、今日あった大沢に乗り移った何者かの話をしていない。

正直、タイミングを逃《のが》してしまった感もある。

「あ、五時だ」

青木が言って、少しだけ間があって、次の瞬間。

「うう……」「あう……」

トランプを使って遊んでいた永瀬【六歳】と桐山【十一歳】が、体を押さえ始めた。

更に次の瞬間。


そこには、元に戻った永瀬伊織と桐山唯がいた。


太一は呆気《あっけ》に取られて、固まった。

確実に自分は視線を外さず二人の方を見ていた。瞬《まばた》きぐらいはしたかもしれない。が、だとしても目を離したのは瞬きをした一刹那《いちせつな》だけだ。

それなのに太一は、どうやって二人が元に戻ったのか確認できなかった。

気づいた時には、二人はもう当たり前のようにそこにいた。

「も、戻ったぁあ!?」

立ち上がって青木が叫ぶ。

稲葉は茫然自失《ぼうぜんじしつ》だ。

「え……今回は……そういう話……？　つか今の魔法はなに？　……あり得んの？　あり得ていいの？　……よくねえよ！　絶対認めたくねえよ！」

「うん……えと……なんでここに……？」

元に戻った桐山が首を傾げる。その横で永瀬も頭を振った。

「あれ……わたし……？　てかなんかお腹が苦しい……？　うおお!?　ぱ、パンツがなんか変なことになってるぞ!?」

永瀬はごそごそと衣服を直し始める。

「……っておい永瀬!?　俺達がいるんだからそんなスカートを上げて中を直そうとする行為《こうい》は慎《つつし》ま――」「ああ伊織ちゃあああ――」

「ならてめえらが見るのを自重《じちょう》しやがれ！　ていうかなんなんだよこの状況！」

稲葉のパンチが眉間に飛んできて太一は椅子《いす》ごと後ろに倒れた（同じく青木もパンチを喰らっていた）。


「さっきまでのこと……覚えているか？」

稲葉が尋ねると、二人は顔をきょとんとさせた。

「さっきのことって……？」

桐山が逆に聞き返す。

「てか暗っ⁉　時間は……五時ぃ⁉」

永瀬は立ち上がって驚いた。

「五時……？　え？　な、なんで⁉　今の今までお昼だったじゃない⁉」

どうやら自分が子供になっている時（？）の記憶は、残っていないようだった。

今あった出来事を稲葉がまとめて説明する。

初めは「嘘つかないでよ」と信じる気配のなかった二人だが、皆が真剣に話し続けると表情が変わっていった。

「あ、あたしが【十一歳】になっていた……」

「そしてわたしは【六歳】に……」

稲葉は溜息《ためいき》をついて、髪の毛をがしがしと掻《か》いた。

「ああ……。少なくともお前達自身は……いや、今の今までそこにいた子供二人はそう言っていた……。お前達は『過去のお前達になって』いたらしい。もしくは『過去のお前達と入れ替わっていた』とも考えられるが……、まだぎりっぎりで体が変化したという考え方が現実的だという話になった……ってどっちも現実離れしてるけどな！」

「ちょっと待ってよ⁉」

桐山が自分の顔や体をぺたぺたと触《さわ》り出す。

「か、仮にあたしが身も心も子供になったとするわよ？　体も縮《ちぢ》んでるのよね？　じゃあ縮んだ分不必要になった筋肉とか髪の毛はどこにいっちゃってるの？　ていうかなに？　あたしの体ってそんなびっくり変化に耐《た》えられるの!?」

「アタシに聞くな。……考えたくもない」

「あははー……こいつは笑うしかねーべ……。……でも確かに……ここ数時間の記憶がない……」

永瀬はふざけた調子で言おうとしたようだが、笑顔は引きつってしまっていた。

「体の方は……なんともないのか？」

一番の心配事項《じこう》だったので、太一は聞く。

「うん……なんともない、みたい」

永瀬が一度言葉を切って、それから首を傾げた。

「あ……でも……やっぱ違うか」

「なんだ？　少しでも異変があったら言ってくれよ」

「んー……。六歳になってた……って言われたからかな……。妙にわたしが小さかった時の記憶が鮮明《せんめい》になっている気が……。小学一年生の時のことなんて……普段はほとんど思い出すこともないのに……」

「言われてみたらあたしもそうだ……。うわ……意識したら余計に……。あ～……、なんか懐《なつ》かしいし、今思い出すとくすぐったい……」

「……過去の記憶が蘇っている……？」

稲葉が呟き、続ける。

「ということは……『過去のお前達と入れ替わった』よりも『お前達自身が変化した』という考えがやっぱり妥当《だとう》かな……？　全くもって『過去の自分と入れ替わっていた』ならなにも残るはずないし……」

毎度の如《ごと》く手持ちの情報で、稲葉が分析《ぶんせき》を加える。

「どうだ、少しでも自分がさっき変化していた時の記憶があったりしないか？」

永瀬は「うーん」と考え込む。

「……それはやっぱり……ないみたい。友達と遊んでたこととか、学校の勉強のこととか、後……家のこととか思い出すけど」

家のこととか、と話す時、永瀬の声のトーンが少し変わった。

たぶん六歳の頃は、都合五人の父親を持つ永瀬が、初めての『新しいお父さん』を迎えたか迎えていないかの時期だ。

「全部昔のことだし……。あ……、なんか、昔の自分がどんな考え方してたかも、ぼやっと感じる。……変な気分」

少し内に沈《しず》み込むように俯《うつむ》いた永瀬に続いて、桐山も答える。

「あたしも……伊織と同じみたい……。変化してた……ってのはまだ信じられないけど、自分がさっきなにをしてたかは覚えてない……。でも小五のあたしのことを……。なんだか、眩《まぶ》しいというか……、上手く言えないけど胸がもやもやして……」

「ストップだ二人とも」

表情が暗くなった永瀬と桐山を見て、稲葉が待ったをかける。

「そこを掘り下げていったら、この件に関する手がかり見つかりそうか？」

少し考えてから、二人とも首を振った。

「なら、今はそのことはおいておけ。他に考えなきゃいけないことがある」

稲葉が言う。たぶん、合理性だけでなく感情面も考慮《こうりょ》してであろう。がさつに見えて繊細《せんさい》な心の機微《きび》にも気を遣《つか》えるのが、稲葉だ。

「って言ってもどっから手をつけていいのかさっぱりだけどな！」

でもやっぱり今日の稲葉はなんだかヤケクソ気味だ。

「まあ……とにかくさあ……」

青木が、気まずそうに口を開く。

「……もう始まっちゃってるってことは確かだよね？」

『なにが』とは言わなかった
稲葉が立ち上がって、黒板に触れる。

「書かれている時間は……現象が発生する時間と考えていいのか？　一度子供になるとその時間中ずっと子供のままなのか、はたまたその時間中アトランダムに誰かが子供になるのか……。そして、太一以外のアタシ達四人の名前が書かれている意味は……」

まあどっちにしても、と呟いて、稲葉は太一達の方を振り返った。

「〈ふうせんかずら〉のクソ野郎がまたなにかやらかしたと考えて間違いないだろう」

改めて、元凶《げんきょう》の名前を口にする。

「今回は差《さ》し詰《ず》め——『時間退行《たいこう》現象』ってところか？」

そう言って、稲葉は押し黙った。

エアコンの稼働《かどう》する音だけが、室内に響く。

当分換気《かんき》を忘れ淀《よど》んでしまった空気が、今更意識されて気持ち悪くなった。

過去の不条理《ふじょうり》な体験が次々思い起こされる。

その一つ一つが、ずしりと肩にのしかかって体を重くする。

「あ～……、すげー……イヤだ。話聞いただけだから実感湧かないけど……」

机にべちゃっと頬《ほほ》をくっつけて永瀬が漏らし、それに桐山が続く。

「またって……またって……またって……！　う～～～～！」

「三回目……。二度あることは三度ある……みたいな？」

青木のセリフには稲葉が応じた。

「三度で終わってくれたらまだマシだよ。……ってこの思考《しこう》……狂ってる」

一度目があって、二度目があって、三度目。そして更に——その先。

今はまだ『特別』な現象が、いつか『普通』に成り下がるかもしれない。その考えが一瞬頭をよぎるだけで太一は寒気がした。

誰もなにも言えない時間がじわじわと流れていく。

流れていって——しかしそんな嫌な空気を、永瀬が突き破る。

「また……なんとかしますかっ」

俯き加減になっていた頭が自然と持ち上げられるような、明るい声だった。

「……オレ達に死角《しかく》は……ない！」

青木が更に明るい声を被《かぶ》せた。

「あたしもまだ実感ないけど……頑張る」

険《けわ》しい表情だったが、桐山は力強く拳《こぶし》を握《にぎ》った。

「悩んでてもどうにもならんことは確かだしな……」

苦笑気味に、稲葉も三人の流れに乗って言った。

心にあった黒い雲を、力尽くで向こうに押しやる。

みんな不安でいっぱいのはずだけれど、力を合わせて前を向く。

文研部は以前より強くなっている。

どんな自然災害にだって、立ち向かえるほどになっている。

皆の視線が、太一に集まった。

「あ……えと……が、頑張ろう」

がくっ、と四人全員が体を折《お》った。

「なんだよ～、せっかく最後のおいしいとこあげたんだからきっちり締めてよ～」

ぶー、と永瀬が頬を膨《ふく》らます。

「まあ……太一らしくていいんじゃないか？」

稲葉もあきれ顔だった。

「ってことで今からどうしようという話なんだが……、家に帰って大丈夫そうだとは思わないか？」

なるべく危険を避けようとする稲葉らしからぬ提案《ていあん》な気がした。

「いいの稲葉っちゃん？　もし急にさっきのが起こっちゃうと凄いことになるよ？」

青木が尋ねる。

「さっき伊織と唯に起こった『時間退行』が十二時から十七時きっかりまでだったこと。それからこの黒板の文字。以上より、『時間退行』が起こるのは十二時から十七時じゃないか……と思っている」

「断言するにはちょっと……って感じしない？」

今度は永瀬が聞く。

「確かに、な。だが奴は……奴が説明しに来る前に『終わっちゃう』ようなことをしないはずなんだ」

〈ふうせんかずら〉は、現象に立ち向かう太一達の様子をある程度の時間『観察《かんさつ》』し、『面白い』と感じたがっている。

これまでに、わかっていることだ。

「なるほど……。そうだね、もしそこまで大変なことなら、先に言うよね」

「ああ。そして極端な話、もし本当に不味《まず》いなら……奴は今ここに現れるはずさ」

稲葉が言葉を切って、皆が息を呑《の》む。

数秒、黙《だま》りこくる。

なにも、起こらない。

「——つーことで大丈夫なんだろう。そのための黒板の前情報じゃないかな？」

話しながら稲葉はごん、と黒板を殴《なぐ》った。

「なんか嫌な感じするわね……。あいつのこと信頼《しんらい》しているみたいで……」

桐山が複雑な表情で呟いた。

「少なくとも奴が説明に来るまでに、取り返しのつかないことになる……ということはないはずなんだ、たぶん。……でもたぶんなんだよな」

最後の最後で稲葉は声を弱めた。

「わたしは稲葉んを信じるよ」

代わって永瀬が強く言った。

「あたしも」「オレも」「……俺も」

桐山も、青木も、そして太一も、続いた。

「なんでもかんでも信じられるのも困るんだが……。まあ乗ってくれるのなら……、乗ってくれよ」

——結局迷いに迷って、太一は心に引っかかり続けていることを伝えられなかった。

皆が大前提としていることをひっくり返す、この現象を起こしたのは、〈ふうせんかずら〉ではないかもしれない、ということを。


明日十二時前に稲葉家に集合することが決められ、太一達はそれぞれ帰路《きろ》に就《つ》いた。

一人になってから、太一は改めて考える。

永瀬と桐山が子供になってしまったこと。

もう、『そんなことあり得ないだろ』と考えるのはやめた。時間の無駄だ。起こってしまうのだから、仕方ないと受け入れるしかない。

その後、どうするかだ。

稲葉の推測は正しいと思う。けれどももしかしたら、今にも自分が時間を逆行するのではないか、そう思うと酷く緊張した。

現象そのものに加えて、太一には別種の悩みもあった。

黒板に書かれた太一以外の名前。

太一にのみ接触しに来た何者か。

なんだか今回は、同じようでいてどこか毛色《けいろ》が違う。

特に自分には、なにか重大なことが起こっているのでは、ないか。

なんだかんだ考えている内に、何事もなく家に到着。

暗闇《くらやみ》の中白い息を吐いて、体の緊張をほんの少し解《と》いた。

もちろん家だからと気を抜いてはいけないのだが、外よりは緊張しなくて済む。ここは自分にとって、どこよりも安心できる領域《りょういき》なのだ。

「ただいま」

玄関《げんかん》の扉《とびら》を開けると、廊下の奥からぱたぱたと小さな足音が聞こえてきた。

「お兄ちゃんおそーい。今日は早く帰ってくる約束だったでしょ？」

あどけない目をちょっと怒らせた妹が太一を睨《にら》む。

手伝いをしていたのか、ウェーブのかかった髪は後ろで纏《まと》められていた。

「わ、悪い。でも俺にも色々あるんだよ」

「可愛い妹より大事なことなんだ。ふーん」

少々へそを曲げてしまったようだ。

「まあクリスマスだし～、お兄ちゃん彼女いるし～、そりゃ色々あるとは思うけど～」

「だから彼女なんていないって！」

「えっ！　いい雰囲気の女の人がいるのにまだ付き合ってないの？　とりあえず付き合っちゃえばいいのに。お兄ちゃん、子供」

「とりあえず付き合っちゃうとかいう風潮《ふうちょう》よくないと思うな！　お兄ちゃんは！」

しかし五歳年下の妹に『子供』と断じられるとは……。

「じゃあもしかして女の子にプレゼントあげたりもしてないの？　クリスマスなのに」

「うっ……してないけど」

どちらにあげろと言うのだ。まさか両方にあげる訳にもいくまい。

「あ〜あこりゃダメダメだ。まあそういうことなら、その子にあげなかった分わたしになんか頂戴《ちょうだい》ね、お兄ちゃん」

「わかったよ……。って、あれ？　その論理《ろんり》おかしくないか？　おかしいよな？」

なんだか最近、将来妹が小悪魔《こあくま》と呼ばれている姿が目に浮かぶ気が……いやいやあり得ない、妹はいつまでも純真《じゅんしん》な天使であるはずなのだ。

くるりと後ろを向いて妹が廊下を歩き出す。靴《くつ》を脱いで太一も続いた。

するとまた妹がくるりと振り返った。

「おい、なに急に立ち止まって――」

妹に真正面から見つめられ、太一は息を呑んだ。

気怠げで、空《うつ》ろな瞳《ひとみ》。

普通ではないと、直感した。

ここは違うだろう。

それはダメだろう。

あってはいけないことだろう。

侵《おか》してはいけない部分だろう。

信じられなくて、呪詛《じゅそ》のように言葉を並べ立てる。

しかしそれでも、目の前にある事象は変わってくれない。

「……誰、だ？」

現象に巻き込まれるのは文研部員だけで。

異質な世界に捉えられたのは自分達だけで、周りの世界はそのままであるはずで。

ここは、自分にとって安全地帯のはずで。

妹は、なんの関係もないはずで。

「誰……誰……誰？」

妹の体に取りついた何者かが、首を傾げる。

「〈ふうせんかずら〉じゃ……ないんだろ？」

「じゃない？……〈ふうせんかずら〉。わたしも〈ふうせんかずら〉……」

ゆったりとして独特《どくとく》なリズムのある、どこかふわりと浮かび上がるような声だ。

妹の話し方ではない。こんな妹の話し方は聞いたことがない。

「なんだ……？　お前は〈ふうせんかずら〉なのか？　でも喋り方や雰囲気が違ってるだろ……？　〈ふうせんかずら〉って、名前じゃなくて、なにか別の……」

ああ、自分は異質な『なにか』と当たり前のように会話してしまっている。

妹がおかしなことになっているのに、叫びもせず、逃げ出しもせず、受け入れてしまっている。

異常だ。

自分も含めて異常だ。

「ああ……なるほど」

得心《とくしん》したようにそいつは頷いた。

「そういうことなら……〈ふうせんかずら〉の……その次で……。……じゃあ〈二番目〉でいいや。わたしは〈二番目〉。わかった？」

「〈二番目〉……それが名前？」

「そう、……でいい？」

「いや……こっちに聞かれても」

なんだ、こいつらには名前というものがそもそもないのか？

〈ふうせんかずら〉のことを知っているようではあったが……。

「お前は昼間大沢に……乗り移ってた奴……だよな？」

まず、確認する。

「そう、お昼にも会ってる。ここまでは悪くない。……明日もあるから」

「ちょっと待て明日って――」

「今日と同じ。十二時に四人の内誰かが子供になる。十七時に戻る」

「その現象は……お前が起こしたのか？」

「……そう」

今回の現象を引き起こした存在は、〈ふうせんかずら〉ではない。

今までと同じようで、今までとは決定的に違うなにかが、始まろうとしている。

体の震えを押さえて、太一はまず先ほどのセリフで引っかかったことを聞いてみる。

「四人だけなのか……？　もしかして俺は違うのか？」

「……全員が子供になると……大変。最悪……立ちゆかなくなる」

確かに、それはそうかもしれないが。

「なんで……俺だけ？」

「なんで……なぜ……なぜ？　なぜもなにも、ない」

たまたま、ということか。〈ふうせんかずら〉と同種の存在ならありそうなことだ。

次の質問をしようとすると、その前に妹の姿の〈二番目〉が口を開いた。

「みんなが大変にならないようにするのは、あなた。始まったら、……わたしは知らない。あなたが、頑張って。わたしは……見てる。いい具合に動きそうな感じはする」

丸投げするからどうにかしろ、そのための『変化が起こらない一人の存在』……という意味だろうか。そして奴と同じく、『観察』するのか。

〈ふうせんかずら〉にも共通することだが〈二番目〉も説明が、雑《ざつ》だ。先を自分で想像し補《おぎな》わなければならない。

「それと、わたしのことは誰にも話さない。とても大事。約束だけは守って。破《やぶ》られた時は……大変にしてしまう」

大変とは、どういうことか。

「それで……お前はなにがしたいんだ？　〈ふうせんかずら〉はどこにいるんだ？　お

前と〈ふうせんかずら〉の関係は？」

　思いついたことを矢継《やつ》ぎ早《ばや》に太一は尋ねた。

　無表情のまま、〈二番目〉はぱちぱちと瞬きをする。

「……〈ふうせんかずら〉は君達のことを面白いと言っているらしい。でもわたしに言わせれば〈ふうせんかずら〉と君達の関係の方が、よっぽど面白い。というかヘン」

「だからなにを……したいんだって」

「……なんだろうね？」

「自分でもわかっていないのかよ……」

〈ふうせんかずら〉は、こちらに意味はわからないにしても、なにかしら『目的』を持っていたようなのに。

　待て、ということは。

「これ……いつまで続くんだ？」

　数秒、〈二番目〉が固まる。

「わかりたいことがわかるまで？」

　急に目の前が真っ暗になった気がした。

　目的地さえ見えない物語に、終わりが訪れるのは果たしていつなのか。

「……またね」

「またね？」

唐突な別れの言葉に太一が疑問を呈《てい》そうと――。

「……はにゃ!? なんでわたしとお兄ちゃん向かい合って……?」

一瞬で異質な雰囲気は霧散《むさん》した。

「は……ちょっと待てよ!?」

いくらなんでも一方的過ぎる。

「ん? なに、お兄ちゃん?」

表情に生気《せいき》を取り戻した妹が聞いてくる。

「あ……なんでもない」

「ふうん、そう」

リビングに入っていく妹の後ろ姿を見つめる太一の背中に、冷たい汗が流れた。

〈ふうせんかずら〉は不条理な存在だった。

しかし不条理は不条理ながらも、〈ふうせんかずら〉なりのルールがあった。

だが〈二番目〉が同じルールを持っている保証《ほしょう》はないのだ。

奴らがなし得ることに限度はない。

力の使いようによってはこちらを殺すことだってできることはもうわかりきっている。

〈ふうせんかずら〉に、その意思は見られなかった。

では〈二番目〉の場合は?

〈二番目〉は自分の前にしか、現れないつもりだろうか。

それが〈二番目〉なりの流儀《りゅうぎ》なのだろうか。それともなにか特別な意味でもあるのだろうか。

自分は、どういう行動を取ればいいのだ？

＋＋＋

「……本当に完璧に……わたしって子供になってた？」

その夜、永瀬伊織は稲葉姫子に電話をかけていた。

『ああ……本当に完璧に子供になっていた……と思う』

「そ、そっか……。……じゃあ、さ」

『なんだ？』

「あの……過去のわたしを見て……太一はわたしのことを嫌いにならないかな？」

『……そういう奴じゃ、ないだろ？　……たぶん』

「だ、だよね。……たぶん」

『あ、ああ……、たぶん』

「うん……、ねっ」

『……ハッ、くくく』

「ぷっ……あはははは」

『だははは、なんなんだよこのガールズトーク？　アタシらがこんな話をするだけでも面白いのに、好意の対象が同じなんて最早ギャグだろ？』

「ホントにね。まさか稲葉んとこんな話をする日がくるなんて夢にも思わなかったよ」

『一応アタシも女だぞ。夢くらいには思っとけよ。……つーか、なんだか今の関係結構面白いな。もういっそのこと太一に二股《ふたまた》公認してやろうか』

「おお、まさかの発想転換《てんかん》！　……って思わせといて、その内出し抜いてやろうとか思ってんじゃないの？」

『どきっ！』

「稲葉ん『どきっ！』とか言っちゃうキャラだっけ!?」

『……いや、すまん。今のは流石にキャラを間違った。まだ自分でも上手く摑めてないんだ、忘れてくれ……』

「あ〜ん、今の稲葉んがどんな顔して恥《は》じらってるのか気になる〜！」

永瀬はできる限り、明るく、明るく、話す。

少しでも、この非現実に飲み込まれないように。

二章　かつてあった過去

翌日太一《たいち》はかなり早めに家を出た。

十二時に遅れることは許《ゆる》されないからだ。

自分に現象が起こらないとしても（まだ未確定だが）、〈二番目〉が言った通り他の全員が子供になってしまったら、大変なことになる。

〈二番目〉……奴の言葉はどこまで信用できるのだろうか。

嘘《うそ》を言っているようには見えないが、こちらに真偽《しんぎ》を判定《はんてい》する手段《しゅだん》がない。

ただ少なくとも、昨日の十七時から今に至《いた》るまで『時間退行《じかんたいこう》』は起こっていない。

朝、皆で連絡しあった限りでは、全員『特に異常なし』だった。

「それにしても早く来過ぎたか……」

稲葉家《いなばけ》への最寄《もよ》り駅に十一時に着いてしまった。

……そう、稲葉の家なのだ。

自分のことを恋愛感情で『好きだ』と思ってくれている女の子の家に行くと考えると、

妙に意識してしまう。

自分は永瀬《ながせ》が好きだし、そう言った。でもそこに、『永瀬が自分に好意を持ってくれている』気がしたのでより好きになった、……という面が多少なりともあるかもしれない。

そこに、『稲葉も自分に好意を持ってくれている』という要素《ようそ》が加わるとしたら……。

永瀬の方が好きだから、と突っ走ってしまおうかと思う時もある。

しかし、純粋《じゅんすい》に想いを向けてくれた稲葉を無下《むげ》にすることもしたくない。

どちらか一方を選ぶなんて……と、なんだかんだすぐに答えを出せと要求されていないことに甘え、太一はうだうだと最終的な回答を出さずにいる。

このままでは絶対にダメだ、ということはわかっているのだが……。

と、改札を出たところで見慣れた栗色のロングヘアーを発見した。

「桐山《きりやま》」

「あ、おはよう太一」

もこもことしたクリーム色のダッフルコートに包まれた桐山唯《ゆい》が手を振る。手には大きめのショッピングバッグを提《さ》げていた。

「早くないか？」

「お互い様でしょ」

桐山は小さく笑った。疲れているようにも見えた。

「……『時間退行』、起こらなかったよな？」

「うん、……みたい。……もしかしたらって不安だったけど、やっぱり予想が正しかったのかな。って言っても、あたしまだ実際にどういう現象であるか見てないから……」

「そうだったな……。他に変わったことは？」

一応聞いてみる。太一に特殊《とくしゅ》なことが起こったように、桐山にもなにか起こっているかもしれない。

極端《きょくたん》な話、〈二番目〉の存在、だとか。

「ないよ……特には。……ふぁ」

「ん、寝不足《ねぶそく》か？」

「ちょっと寝るの遅くなっちゃって……。不安だったっていうのと、後……」

そこで桐山は口をつぐんで、くるりくるりと栗色のロングヘアーを弄《もてあそ》んだ。

桐山は感受性《かんじゅせい》が強いタイプだと思う。過去を振り返ってみても、現象の影響《えいきょう》を受けやすい。なるべく、気をつけてあげなければならないと思う。

「……色々昔のこと考えてた、から」

「昔のこと……、か」

「なんかね、家に帰ってからもごちゃごちゃ昔のこと思い出しちゃってね。そうなると思うところもあるじゃない？　こう……色々」

「おお……、色々ね。……具体的に言ってくれないとわかりにくい気もするけど」

「む、だからね……色々……じゃなくて！」

ばたばたと桐山は腕《うで》を動かした。

「じゃあ太一はさ、昔の自分と今の自分を比べてみてどう思う？」

「どう思うって言われても……昔はガキだったなー、って感じだけど。色々……あ」

「はい、『色々』アウト！」

「しまった……！　ってなんだこのゲーム？」

「訳わかんないね……」

思わず二人で苦笑《にがわら》い。

「うん……でも色々思うところはあるよ。色々、ね」

呟《つぶや》く桐山には、どこか感傷的《かんしょうてき》な雰囲気《ふんいき》が漂《ただよ》っていた。

「それよりさ、太一。どうしようっか、いくらなんでも今行くと稲葉の迷惑《めいわく》よね？」

「だろうな……。そこら辺で時間を潰《つぶ》すか」

ちょうどいい場所も思いつかなかったので、適当《てきとう》に散策《さんさく》することにした。

雲もなく風もない日だったので、室内に逃げ込みたくなるほどの寒さは感じなかった。

「あ……この辺」

しばらく歩き、そろそろ稲葉の家へ向かおうかという時、桐山がぴたりと足を止めた。

区画《くかく》整理中らしく、柵《さく》で囲《かこ》われた空き地が目立ち、今は使っていなさそうなビルがいくつも建ち並ぶエリアだ。

「どうした？」

「……あたしが道場《どうじょう》に通ってた頃のランニングコースでちょこっと走ってたところだ」

「空手《からて》の……か。そういや桐山っていつまで空手やってたんだっけ？」

「中二の時……男に襲《おそ》われかける出来事がある前まで……かな」

しまった、地雷《じらい》だったか。

「あ……、悪い」

しかし桐山はううん、と首を振った。

「昔のことだし、もう結構《けっこう》大丈夫だし」

男性恐怖症《きょうふしょう》だった桐山も、今は『男が少し苦手』くらいにまでなっている。日々の節々《ふしぶし》で、そう感じることが増えた。

「でもあたしが走ってた時と大分変わっちゃってるなあ……。そっちとか空き地じゃなかったのに。あ、そこの店も閉まっちゃったんだ……」

「よく覚えてるな。思い出の場所なのか？」

「特にそういう訳じゃないよ……ってだったらなんで覚えてるんだろ？　あ、昨日《きのう》のやつのせいか……。あたし……【十一歳】になってたらしいから……。うわ……またなんか思い出してきた……」

「——桐山！」

突然、女性の大きな声が辺りに響いた。

驚いて、太一と桐山は後ろを見る。

黒のブルゾンとデニムパンツの動きやすそうな格好《かっこう》をした、ポニーテールの女の子がいた。年齢《ねんれい》は自分達と同じか少し上くらいに見える。表情が険《けわ》しいせいでもあるが、鋭《えい》角的《かくてき》な顔立ちがきつそうな印象を与えていた。

女の子は、鋭《するど》くこちらを……いや桐山のことを睨《にら》みつけていた。

「え……と、誰《だれ》？」

桐山がいささか怯《おび》えながら尋《たず》ねる。

「だ、誰って……。まさかわたしのこと覚えてないって言うつもり……？」

声に怒りを滲《にじ》ませながら、女の子が近づいてくる。

「え？　え？　……あ、三橋《みはし》……千夏《ちなつ》……？」

「そうよっ。……なんですぐわからないのよ？」

「いや、だって……凄《すご》く大人っぽくなってたから。昔のイメージと違うなって……」

「……あっそ。……で、隣《となり》の彼は？　デート中？」

そう尋ねられひとしきりあわあわした後（教科書に載《の》せたいくらいわかりやすいあわあわの仕方だった）、桐山は太一と女の子のことを、それぞれに紹介してくれた。とりあえず三橋千夏という女の子も太一達と同じ学年らしい。

「えー、こっちは八重樫《やえがし》太一君。同じ部活の子で、これから友達の家に行くところなの。

彼氏とかじゃないの、うん、本当に、絶対、間違《まちが》いなく、絶対なんだからねっ」

「……否定し過ぎじゃないか？」

自分とだと、桐山は彼氏彼女に間違われることがそんなに嫌なのだろうか。いや、ただ照れているだけだと思うことにしよう。

「こっちは三橋千夏さん。昔うちの流派の空手の大会でよく一緒だった……えっと……友達……」

「わたしは友達だなんて思ってないけど」

バッサリと切り捨てられ、桐山は「あう……」と声を漏《も》らして小さくなった。

三橋は、桐山にかなり非友好的な態度だ。

「で、でも本当に久しぶりだよね。三橋さんが引っ越しちゃってからは全然会う機会《きかい》なかったし。確か中二の時だった――」

「そんなことより桐山」

気を取り直して明るく話しかけた桐山の言葉を、三橋は冷たく遮《さえぎ》る。

「あんたまさか……空手やめたりしてないわよね？」

低く、悲哀《ひあい》が感じられる声に、桐山は反応を返せず固まった。

その桐山を、三橋は苛烈《かれつ》な、そしてどこか嘆願《たんがん》が感じられるような目で睨む。

「ね？」

三橋に強く念押しされ、ようやく桐山は、口を開いた。

「もう……やめてる」

　はっ、と三橋が目を見張る。

「……嘘よ、嘘でしょ……？　……確かに『神童《しんどう》』桐山は引退したんだって噂《うわさ》が流れてるけど……」

　かつて、抜群《ばつぐん》の運動神経と圧倒的格闘《あっとうてきかくとう》センスを誇《ほこ》り、女子フルコンタクト空手の猛者《もさ》として名を馳《は》せていた桐山。

「……ごめん。……本当に、もうやめたんだ……」

「だって……じゃああの『約束』はっ⁉」

　唐突に声のトーンを上げ三橋は叫んだ。

「約……束……？」

　桐山が疑問系の言葉を漏らすと、三橋はこの上なくショックを受けたような顔をした。

　悲しく暗い影が、三橋の全身を覆う。

「……なんで？　怪我《けが》でも……した？」

　絞《しぼ》り出すように、三橋は尋ねる。

「ううん……。怪我した訳じゃないよ」

「……じゃあなんで？」

「それは……仕方なかったから……」

「なによ……なにが仕方なかったって言うのよ？」

「え……あの……」

詰め寄る三橋に、桐山は完全に困り果てている。

二人の関係がわからない内はと思っていた太一だったが、流石《さすが》に割って入ることにした。それに、時間的余裕《よゆう》もあまりない。

「悪い、また今度にしてくれないか。桐山、そろそろ時間が……」

「ちょっと、あんたは関係ないでしょ？」

威圧的《いあつてき》な瞳《ひとみ》が、太一を射《い》すくめる。

「確かにそっちの話に関係はないけど、こっちにもやることがあるんだ」

太一が桐山の手を引こうと――「やっ」と漏らして、桐山が伸びてきた太一の手を避けた。

不味《まず》い。一番桐山が嫌がることなのに。焦《あせ》り過ぎだ。

「すまんっ、桐山……」

「あっ……大丈夫、こっちこそごめん」

「なにやってんの？」

二人のやり取りを見て、三橋が怪訝《けげん》な顔をする。

「と、とにかく俺達急いでるんだ。だから悪いな」

同じ間違いを犯さぬよう、太一は桐山の持つショッピングバッグを摑《つか》んだ。バッグを引っ張り桐山が動くのを促《うなが》す。

「ちょっと、待ちなさいよ」

「あの……今は本当に……。……ごめん」

目を合わせずに言いながら、桐山も逃げるように三橋から離れていく。

「わたしは認めないから！」

最後にそう叫んだ三橋は、敵意のこもった視線を向け続けていた。

□■□■□

「さっきの子とは……結局どういう関係なんだ？」

急ぎ足で稲葉の家に向かいながら太一が聞いた。

「……同じ流派の空手をやってた子で……。あ、道場は別なんだけど、大会でよく会ったから……」

俯《うつむ》き加減の桐山が、ぽつぽつと説明してくれる。

「なるほど、そういう友達な訳か」

「うん。でも友達って言うより、ライバルって言った方が正しいかも」

「ライバルと言える存在がいるって凄いよな……。桐山ってそんな世界にいたんだな」

「昔は、ね」

その短い呟きには、とても多くの思いが詰まっている気がした。

「でも三橋さんが遠くに引っ越しちゃってからは全然会ってなくて……。あたし達の流派は中学生だと全国大会もないし……、なによりあたしが空手やめちゃったから……」

「そう、か。でもその三橋さんが、なんでまたこの町にいたんだろうな？」

「わかんない。戻ってきたのかな……」

懐《なつ》かしい知り合いと会えたというのに、桐山はあまり嬉《うれ》しそうではなかった。それ以前に、相手の三橋も終始《しゅうし》つんけんした態度だったが。

三橋と会ったことが桐山の心の中でなにか問題を生まないか、太一は少々心配だった。なにせ『時間退行』が起こっている……ようなのだ。小さな問題が大きくなってしまうかもしれない。

「おっはろー」

明るい声が聞こえたかと思うと、通りの方から薄紫《うすむらさき》のダウンジャケットにデニム姿の永瀬伊織《いおり》がやってきた。頭は耳当てつきニットキャップで覆われている。

「……ん、なんで二人は駅じゃない方向から来てんの？　二人でどっか行ってた……って、ま、まさか太一……稲葉んに続き唯まで落とそうとしているんじゃ……！」

永瀬が、とても余計なことを言った。

「え……稲葉に続き……？　どういうこと？」

桐山が頭上に『？』マークを浮かべる。

「いやなんでもないぞ桐山！　なんでもないからな！　そして永瀬、こっちもなんでもないからな！　ただ早めに来過ぎちゃったからぶらぶらしてただけだぞ！」

稲葉が太一に告白してきて、永瀬を加えて三角関係になっていることは皆には秘密なのだ（太一は表沙汰《おもてざた》にしないでくれと言っているのだが、女子陣営《じんえい》は大して気にしていない様子だ。勘弁《かんべん》して欲しい）。

「どうかなぁ……。あの稲葉んを惚《ほ》れさせたことを考慮《こうりょ》すると、太一のポテンシャルは計《はか》り知れないところがあるからなぁ……」

「え？　稲葉を惚れさせた？　どういうこと？」

「だからなんでもないぞ桐山！　後永瀬！　お前わざとやってるだろ!?」

「だって太一が面白いくらい動揺《どうよう》するんだもーん」

にしし、と永瀬は愉快《ゆかい》そうに笑った。

三人並んで歩き出す。

太一は、隣にいる永瀬の横顔を盗み見た。

その件について、永瀬と稲葉の間で話がついているらしいのだが、実際のところ、永瀬はどう思っているのだろうか。

前回の『欲望解放』が終わってからの一カ月、永瀬は特に変わった様子を見せずいつも通りだった。いやそれどころか、太一と永瀬が好きだと伝え合う前にまで後退したようなところさえあった。

一時期、太一と永瀬は、好きだと伝え合いお互いに距離感を計《はか》りかねていた。しかし今の永瀬は、何事もなかったかのように仲のいい『友人』として接してきているのだ。

この永瀬の態度の変質も、太一に決断を躊躇《ためら》わせる一因《いちいん》になっていた。

「ん？　どうした太一？　わたしの顔になんかついてる？」

「いやっ、なんでもない」

混じり気がなく澄《す》み切った笑顔の下で、永瀬はなにを考えているのだろうか。

「もしかしてぇ～、わたしの可愛《かわい》さに見惚《みほ》れてたかぁ～？　ん？　ん？」

「か、顔を近づけるなっ！」

……本当に、なにを考えているのだろうか。


「正直に言おう。自分で家に帰っても大丈夫だって言いながら、本当はめちゃくちゃビビってた。もうビビり倒してた。予想が的外《まとはず》れだったらどうしようって……」

稲葉家に五人が揃《そろ》ったところで、稲葉姫子《ひめこ》は「はぁ～」と盛大な溜息《ためいき》をつく。

「そこまで不安視してるのに、大胆な決断できる稲葉っちゃんマジかっけー」

足を伸ばして完全リラックスモードの青木義文《あおきよしふみ》が言った。

太一にしてみれば、これから大変な事態が起ころうかというのに、でーんと構えている青木も十分凄いと思う。

機能性《きのうせい》を重視《じゅうし》した落ち着いた稲葉の部屋は、ほとんど前に来た時のまま……なのだが少し変わっているところもあった。部屋に明るい色が増えた気がする。

それに、大きな赤いハートマークが描かれた枕《まくら》カバーを使うなど、今までの稲葉のキャラから考えられただろうか。

「そろそろ十二時だね……。なーんかわたし、まだあいつの現象が始まったって実感薄《うす》いんだよねー」

ベッドの上に陣取る永瀬が口を開く。

「たぶん度肝《どぎも》を抜かれるぞ……。できればもう二度と抜かれない方が嬉しいんだが、そうもいかないだろう」

稲葉が応じ、更に続ける。

「できることがあればしたいところだが……、待つしかなさそうだな」

「つーか本当にまた起こるのかなぁ？　あり得《え》なさ過ぎて半信半疑《はんしんはんぎ》になってきた……」

「いつ起こるかわかっているって初めてのパターンだよねー。あ～……、ちょっとお腹痛くなってきたかも」

青木と永瀬が口々に言うと、桐山が「あ」と声を上げた。

「そういえば稲葉……今日お家《うち》大丈夫なんだよね？」

「ああ、五時過ぎなきゃ誰も帰ってこないはずだから、誰かが子供になっているのを見られておかしなことになる、なんて心配はねえよ。……この現象が本当に五時までで終わってくれれば、の話だが……」

携帯電話《けいたいでんわ》の時計を見ながら稲葉が答える。

「もう十二時に……って電話きやがった。誰だこんな時にっ」

少々慌《あわ》てた様子で稲葉が電話に出た。

「なんだよバカ兄貴《あにき》、さっさとしろっ」

お兄さんからの電話らしい。しかし妹が兄に対しているとは到底《とうてい》思えない態度だ。

「ああ……うん……は⁉　おまっ……女を家に連れてくるから出てけだ⁉　知るかバカっ！　こっちにも予定が――」

稲葉が、携帯電話をぽとりと落とした。

「ぐうっ……！」

片方の手で胸を押さえ、もう片方の手でなんとか携帯電話の通話を切る。

「え？　ちょっ、稲葉ん⁉」

驚いて立ち上がった永瀬。その横で、青木も唸《うな》り始める。

「え……うおおお……なんじゃこりゃ……」

「あ、青木⁉」

桐山が悲鳴《ひめい》に近い声を上げる。

と、その時。

稲葉と青木の体が小さく縮《ちぢ》んだ。

いや、縮んだと言うのは語弊《ごへい》があるかもしれない。

まるで、神様が気まぐれで人知を越えた手段を使い人間の配置《はいち》を換えたかのように、突然そこに就学前児童《しゅうがくぜんじどう》くらいの大きさになった稲葉と、小学校高学年くらいになった青木がいたのだ。

「うっっっそおおおおおおおおん!?」

「な、な、な、なにこれえええええ!?」

初見《しょけん》である永瀬と桐山は、当然の如《ごと》く叫び声を上げるのだった。


初め永瀬と桐山は「うわー！」「きゃー！」「なぁあにぃい！」「ぎゃわー！」などと騒ぎまくっていたが、しばらくすると騒ぎ疲れもあって落ち着いてくれた。

何歳だ、と尋ねると青木は「十歳！」と答え、稲葉は小さな声で「よっつ」と答えた。

とりあえず、だぼだぼの服を着せたままにする訳にもいかないので、二人を着替えさせることにする。

稲葉の指示で、可能な者は小さなサイズの服を持ってくるようにしていたのである。

どこまでも頭が回るのは流石稲葉、と言えた。

ちなみに太一が妹に「服を貸してくれ」と頼んだところ「バカ！　変態《へんたい》！　なんに使うの！　そういうところがないお兄ちゃんが好きだったのに！　キライ！」と叫ばれてしまった（生きる希望を失いかけた）。

永瀬が稲葉【四歳】の前で首を傾《かし》げる。

「むーん、青木はトレーナーとジャージをちょっと折るだけでよかったんだけど……、稲葉んがなぁ」

太一の隣で青木【十歳】が「いぇーい」と意味もなく両手を挙《あ》げる。

流石に四歳児に合う服はなく、何度も折り返して着せているので、稲葉【四歳】は凄くもこもこしていた。きょとんとした顔で、服を着せてくれる永瀬を見つめている。

「て……ていうかさ……」

永瀬と共に服を選んでいた桐山が下を向き、歯を食いしばるようにして声を漏らした。

当たり前のように対処《たいしょ》しているが、こんな状況どう考えたっておかしい。精神的に参っても仕方な――

「このちっちゃーい稲葉すっっっっっっごく可愛いんですけど!?」

――全く要《い》らぬ心配だった。

「唯も思ってたかっ！　わたしもだ！　なにこのつぶらな瞳にぷにぷにほっぺ！　きゃっわええええええ！」

恐ろしくハイテンションな桐山と永瀬が、稲葉【四歳】の体をまさぐり始めた。

「あ～ん可愛い～～～～！　将来クール美人さんに育つ面影《おもかげ》と子供特有の愛《あい》らしさのコラボがもう最高～～～～～～～！」

「あの稲葉んが！　って思うとなんかもう堪《たま》んないよね！　うはー！」

鼻息の荒過ぎる桐山と永瀬に迫られ、どうやら大人しいタイプの少女である稲葉【四歳】は、おろおろと助けを求めるように視線を彷徨《さまよ》わせる。

その様子を男二人は少し離れて、ただ眺《なが》める。

「……女の人ってこわいんだな……」

青木【十歳】はしみじみとした様子で呟いた。

そこの二人、十歳の少年にトラウマを刻《きざ》みつけるんじゃない。

「はぁ……、堪能《たんのう》した」

「もう当分の『可愛い成分』チャージができたわ……」

抱きしめたり頬《ほお》ずりしたりと十二分に弄《もてあそ》んだところで、やっと永瀬と桐山の二人は稲葉【四歳】を解放した。

ちなみに、先ほどの二人がよっぽど恐かったらしく、稲葉【四歳】は太一の背中に隠れている。

「ていうか姫子ちゃ～ん、そんなに怯《おび》えなくてもいいんじゃないかなぁ？」

永瀬が猫撫《ねこな》で声で話しかけたが、稲葉【四歳】は太一の服の袖《そで》をぎゅっと掴んで放さなかった。

「まあ……、もうちょっと節度を守ってやれよ」

「う……ごめん。……ちょっと反省してる」

「あ、あたしもごめんなさい。ごめんね、姫子ちゃん」

追随《ついずい》して桐山も謝った(小さな子を名字で呼ぶのも違和感《いわかん》があるので、下の名前で呼ぶことに決めていた)。

青木【十歳】は本棚の漫画《まんが》を読みふけっているのでとても大人しかった。

「でも本当に『子供になる』んだなー。すっげーなぁ……ん?」

天井に向かって一人呟いていた永瀬が、正面に顔を戻す。

「そういえば……なんか大事なこと忘れてる気がするんだけど?」

「大事なこと……?」

はて、なにかあったろうか。

「ええと……確か稲葉んが電話をかけている時で……」

「ああ!」

桐山がなにか気づいたらしく声を上げた。

「確か……稲葉のお兄さんが『女の人を連れてくるから出てけ』みたいなことを……」

「それだっ!」

永瀬はパチンと親指を鳴らした。

「ええと、稲葉のお兄さんが帰ってくるだろ。その時今の状態を見たら……」

呟きながら、太一は後ろにいる稲葉【四歳】を振り返る。「なに?」という感じで稲葉【四歳】が目をぱちぱちさせる。

……不味いとか、最早《もはや》そういう次元《じげん》の話ではなかった。

「やっべえ！　せめて稲葉んが子供になってなかったら、なんとかなったかもしれないけどこいつぁダメだ！」

若干江戸《じゃっかんえど》っ子口《こ》調っぽくなった永瀬に、焦った様子の桐山が問いかける。

「伊織の家には誰かいる？　太一の方は？」

「うーん、お母さん今はいないけど、五時までには帰って来ちゃうなぁ」

「俺の家も五時まで誰もいない保証《ほしょう》はない。……でも自分の部屋にいればなんとかなるんじゃ……」

「……女の子二人＋十歳の男の子＋四歳の女の子連れて行ってなんも言われない？」

桐山がじとっと太一を見つめる。

「母親はいけるかもしれないが……、妹がダメだな」

「……母親はいけちゃうんだ」

桐山から多少同情が入り交じった視線を向けられた。

「部室……は校内に子供を連れて入ると絶対目立つし……。う〜ん、なるべく人目につかないとこ……。カラオケとか……どうかな？」

永瀬がそう提案《ていあん》する。

「あ、いいんじゃない！　そうしましょうよ！」

「でも入った時小さな子供を連れてたのに、出てくる時全員高校生になってると怪《あや》しまれるような……あ」

太一は自分で口にして、その点を考慮しなければならないことに気づいた。

稲葉【四歳】と青木【十歳】は、（おそらく）五時になれば元に戻るのである。

「じゃあラブホ？」

「え？　ラブホ？」

永瀬が言うと、漫画に熱中していたはずの青木【十歳】が反応した。

「そこだけ反応すなっエロガキ！」

桐山がばしんと床を叩《たた》く。

「このメンツで入れる訳がないだろ……」

呟く途中、ふと太一の脳裏《のうり》に今日昼前の光景が蘇《よみがえ》った。

「そうだ、桐山。今日のあの場所はどうだ？」

「今日のあの場所……。ああ、なるほど。どこか入れるところが……あるのかしら？

あったら悪くはなさそうね。防寒《ぼうかん》できればいいんだけど……」

「なに？　なに？　太一と唯で秘密の話しないでよ、凄く気になるじゃん」

「行けばわかるわ。とりあえず行ってみましょ。青……じゃなくて義文君も準備して」

「えー、これ読み終わるまで待ってよー」

「んな余裕ある訳ないでしょうがっ！」

桐山はばんばんと床を叩いた。

なんだか……、青木が【十歳】になっても、この二人の関係は変わらないようだった。

「お、すご。かなりいい感じじゃん」

室内を見渡して永瀬が言う。

今日太一と桐山が散策中に訪れた区画整理中エリア。そこの廃ビルの一つ、四階建てのビルに太一達は侵入《しんにゅう》していた。

廃ビルではあるが、最近まで使用されていたらしく、中は比較的清潔《ひかくてきせいけつ》だった。鉄筋《てっきん》コンクリート造りで、防寒対策もしっかり講《こう》じられているのか寒さも我慢《がまん》できる程度だ。

外のフェンスに『取り壊し予定』と書かれていなければ、ただの空き物件と思っていたことだろう。

「なんか『ひみつきち』にできそー、オレがもっと子どもだったらよろこんでたんだろうなあ」

青木【十歳】の言葉に、太一と永瀬は顔を見合わせて「ぷっ」と笑った。

「な、なに笑ってんだよー？」

「まあ、君もまだまだ子供なのさ、って話だ」

永瀬はにやっと笑った。

「ちぇ、そっちだってまだ子どものくせに」

「なにぉう？　十分大人だっての」

「じゃあ『ちゅー』したことあんのかよ、『ちゅー』」

「ちゅ、ちゅちゅ『ちゅー』だと！　『ちゅー』だと！　『ちゅー』だと！」

永瀬はちらっと太一の顔を見、頬《ほほ》を赤く染める。

太一も頬が熱くなるのを感じた。

「そっ、それはもちろん『ちゅー』ぐらい……。まあ正確には体が違……いや、でも紛《まぎ》れもなく『ちゅー』だね。百パーセントじゃないけど、七割方『ちゅー』したと言って差《さ》し支《つか》えないだろうね、うん」

「七わり？　なんかウソくさ～」

「う、嘘じゃないしっ」

「じゃあどんな味だったの？」

「あ、あ、味と言うかね君は！　君の親御《おやご》さんはどういう教育をしてるんだね！」

なんだか永瀬と青木【十歳】はとても仲よしだった。

永瀬がちゃんと子供と同じ目線に立ってあげられるタイプなのが大きいのだろう（天然で小学生と同レベルということはないと思う……たぶん）。

永瀬と桐山が『時間退行』した時と同様に、青木【十歳】も稲葉【四歳】も自分が置かれている現状に疑問を持っていない。

子供になった者達の頭の中でなにがどうなっているのかはわからないが、とにかく彼らが『勝手に都合のいいように解釈《かいしゃく》してくれる』というのは事実らしい。

「……ていうか普通に外を出歩いちゃったけどよかったのかしら？　もし途中であたし達が『時間退行』になってたら……大惨事《だいさんじ》だったじゃない」

後ろから入ってきた桐山の言葉に、太一が応じる。

「そうだな……。『五時まではたぶんそのままだろ』って勢いで来ちゃったもんな」

「けど今の感じだと、その通りなのかもしれないわね」

十二時から十七時の間、アトランダムに変化が起こりに起こるのではなく、十二時に誰かが『時間退行』すると後は五時間そのまま。

断言はできないが、その公算《こうさん》が大きそうだ。

完全なランダムにしては、今までが少々規則的《きそくてき》過ぎる。

「ま、こんなとこに侵入できたのは、嬉しい誤算《ごさん》ね。汚いって言っても我慢できるし」

桐山は床に薄く溜《た》まったほこりを指でなぞる。

「他のもっとぼろいところでもなかったのに、ここの一階の窓が開いててよかったよな。どこか壊して忍び込む訳にもいかなかったし……」

本当は不法侵入《ふほうしんにゅう》の時点で犯罪なのだろうが、今回は緊急事態ということで許して頂きたいものだ。

「けほけほっ」

太一の服の裾をちょんっと摑んでいた稲葉【四歳】が咳《せ》き込んだ。

「大丈夫？」

太一が問いかけると、稲葉【四歳】はこっくりと頷《うなず》く。

「どこかの部屋を掃除《そうじ》しましょ。あんまりほこりっぽいと姫子ちゃんが可哀想《かわいそう》だし」

桐山の意見に従い、太一達は、年季《ねんき》の入ったオフィス机が八個ほど並んだ、二階の事務所っぽい部屋を綺麗《きれい》に整えた。

「飲み物とお菓子《かし》と、後ついでにこんなの買ってきたよー」

買い出しに行っていた永瀬が帰ってきた（ここまできたらもう他の面々には変化は起こらないであろうと、半ば確信気味であった）。

「なんだ、そのデカイの？」

太一が聞くと、永瀬がうきうきと楽しそうに箱を取り出す。

「ランタン型ライトさ！　これで暗くなっても大丈夫！」

「そんな大層なもの買わなくてもよかったのに……」

「ホームセンターで在庫処分《ざいこしょぶん》の安売り品だから大したことないって。使い終わったらわたしが私物にするしね。うしし」

なんでこんなものを欲しがるのだろう。相変わらず面白い奴だ。

くるりと永瀬が向き直る。

「姫子ちゃんはなにが飲みたい？」

「これ。おれんじ」

「ん、はいどうぞ」

稲葉【四歳】が永瀬からペットボトルを受け取る。永瀬と桐山が優しく接している内に、少しずつ稲葉【四歳】も警戒《けいかい》を解《と》いていた。

「にしても舌っ足らず稲葉んかわええのおお」

「やめろ。また怯えるじゃないか」

稲葉【四歳】が太一の背中に逃げ込んでくる。

「ぬ。稲葉んが太一に懐《なつ》いてるの見ると……なんか胸がもやもやする」

永瀬は若干拗《す》ねたようにしつつ、自分の分のペットボトルを手に取った。

「はい、義文君も頑張ってくれてありがとう」

青木【十歳】には桐山がジュースを手渡し、更に桐山は頭をぽんぽんと撫でた。

「ありがとうございまーす」

少し照れくさそうに青木【十歳】はお礼を言う。

「……大丈夫なのか？」

太一はそっと桐山に尋ねかけた。

『男に触《ふ》れても』と口には出さなかったが、意味は伝わったようだった。

「ま、流石に自分より小さい子供だと、ね」

穏《おだ》やかに、桐山は微笑《ほほえ》んだ。

「へへへー、菜々の姉ちゃんに気に入ってもらえてラッキー」

無邪気《むじゃき》な笑顔で、青木【十歳】が言った。

「ん？　なな……？」

桐山が不審《ふしん》そうに眉《まゆ》をひそめる。

「え、だってお姉さん、菜々《なな》の姉ちゃんじゃないの？　オレそう思ってたんだけど」

意外そうな顔で青木【十歳】が返した。

なにか、おかしなことになっている気がする。

「待ってくれ青……義文君。俺《おれ》のフルネームを言ってみてくれないか？」

そういえば、今日はまだその確認を行っていなかった。

「八重樫太一さんでしょ？」

「じゃあそっちの女の人は？」

「はぁい？」

太一は椅子《いす》に座ってお菓子をバリバリ食べ始めていた永瀬を指《さ》す。

「永瀬伊織さん」

「じゃあ……この女の人は？」

「だから西野菜々の姉ちゃんじゃないの？　あ、それとも親せきの人？　すっげー似てるからさ」

青木【十歳】は、桐山唯のことを、西野《にしの》菜々という人物の親類《しんるい》だと認識している。

「ええと……あたし……桐山唯なんだけど……」

戸惑《とまど》った笑みで、桐山が伝える。

「……桐山唯？　菜々の親せきでもないの？」

「あたしはそんな人……知らない、けど」

「そっか。似てるのになぁ……。えっと、桐山唯さんね。りょーかい」

「なに？　どうしたの？」

永瀬が駆《か》け寄ってきて尋ねる。

「よくわからないんだが、十歳の青木が桐山のことを別人と間違えてたんだよ」

「別人と？　間違える？」

「……後で元に戻った青木に心当たりないか聞きましょ。この子を問い詰めても仕方ないと思うし」

桐山がさっさと話を切り上げてしまったので、太一も無理にほじくらないことにした。

外はすっかり暗くなってしまった。

しかし、通電《つうでん》していない室内にも永瀬の買ってきたランタン型ライトがある。少なくとも太一達が集まる部屋の隅《すみ》っこは、必要最低限の明かりが確保できていた。

「い・な・ば」

「いー・なー・ばー」

太一が読み上げるのに続いて、稲葉【四歳】がペンを動かす。

「ひ・め・こ」

「ひー・めー・こー」

「おお、偉《えら》いぞ、姫子ちゃん。もうひらがなで名前が書けるようになったじゃないか」

頭を撫でると、稲葉【四歳】は嬉しそうに眼を細めた。

廃ビル内には子供が遊べるようなものもなく、稲葉【四歳】が退屈《たいくつ》そうにしていたので、太一は文字を教えてあげることにした。

稲葉【四歳】は学ぶ意欲も強く飲み込みも早かった。

頭脳明晰《ずのうめいせき》、稲葉の片鱗《へんりん》、ここに見えたり（だからと言ってどうということもないが）。

と、大きな音を立てて、扉《とびら》が開いた。

「はい勝ったー、わたしの方が早かったー！」

ビルを探索《たんさく》していた永瀬が部屋に走り込んできた、続いて青木【十歳】も戻ってくる。

「くっそう、まさか年上のくせにあんなひきょうな手を使ってくるなんて……」

「卑怯《ひきょう》じゃないもーん。負け惜《お》しみ見苦しいぞ～」

どうやら競争《きょうそう》でもしていたようだ。

「くうう……そ、そんなんだからまだ『ちゅー』もできないんだぞっ」

「なっ……！　だから『ちゅー』はしたことあるって言ってるじゃん！　な、七割方！いや、もうあれは完全にわたしの『ちゅー』だ！　今決めた！　わたしのファーストキッスは完全無欠《かんぜんむけつ》にあの瞬間《しゅんかん》！」

「じゃ、じゃあ『ちゅー』の味言ってみてよ？」

「うっ…………ま、まぐろ？」

……永瀬はここにその『ちゅー』の相手がいることを失念《しつねん》しているのだろうか。

「……どおしたの？」

変な表情をしてしまっていたのだろう、稲葉【四歳】があどけない顔で尋ねてくる。

「いや、やっぱ『あれ』は女の子にとって重要なんだなって話……」

「ちゅーう？」

「こ、こらっ。姫子ちゃんにはまだ早――」

言っていて、途中で気づく。

自分は、この子の将来の姿と、キスをすることになるのだ（特殊な状況なので『将来』という言葉が適切《てきせつ》かどうかはわからないが）。

流石に四歳児にドキドキするということはないが……、妙な気分だった。

「ちゅうしたら、おとなになるの？」

「そういうことではなくてだな……。大人になってからするものというか……」

「あたし、いつちゅうするのかな？」

「少なくとも高一の秋には……って違う！　関係ないよな！　姫子ちゃんには早いから『ちゅう』って言うの禁止！」

「きっす？」

「言い方を変えればいいってもんじゃない」

「でぃーぷ・きっす？」

「更に酷《ひど》くなってるぞ!?　ていうかどこでそんな言葉覚えたんだ!?」

「えっとね、どいつのえいが」

「なっ……四歳からそんな教養《きょうよう》がつきそうなものを観《み》てるのか……恐るべし」

「……どちらも盛り上がってるところ悪いけど、そろそろ五時になるわよ」

桐山が声をかけた。

「おお……、そうだな。……やっぱりここまで変化なしで、五時に元に戻る……かな？」

もうすぐ、そのことが立証《りっしょう》されそうだ。

太一の呟きには永瀬が応じた。

「だね。そうだ、太一。戻る時ってどうやって元に戻るの？　始まりと一緒で急に？」

「ああ。気づいたらいつの間にか元に戻った二人がいる……そんな感じだ」

「ふーん。じっと見てたら変化の瞬間わかるのかなぁ？」

その時、永瀬が呟く先で、がたりと椅子を鳴らして桐山が立ち上がった。

作戦決行間際に、致命的《ちめいてき》な戦略上《せんりゃくじょう》の欠陥《けっかん》を発見した軍師のような顔だ。

「……服は？」

「なんだって？」

小さな声だったので、太一は聞き直す。

「だから元に戻った時服はどうなるのよっ！」

「そのままだから……あ」

昨日は永瀬にも桐山にもぶかぶかの服を着せたままだったが、今回は小さいサイズの服に着替えさせている。当然元の体には小さ過ぎるので、ここで元に戻るとぴちぴちになるか、最悪の場合には服が破けてしまう……かもしれない（どういう風に体が変化しているのか不明なので断言はできないが）。

「やばっ！　元に戻っていきなり自分が裸体《らたい》だったら……、稲葉ん間違いなく怒り狂っちゃうよ！」

「あわわ、早く着替えさせなきゃ。伊織、やりましょっ。青木の方は……素材が伸びそうだし大丈夫そうか」

「え、なにあせってんの？」

青木【十歳】が不思議《ふしぎ》そうにする中、慌てふためく永瀬と桐山が稲葉【四歳】に迫る。

しかし切迫した表情で近づけば、今日のお昼酷い目に遭《あ》わされた（本人達は可愛がっているだけのつもりらしかったが）稲葉【四歳】は必然的に――、太一の背中に隠れようとしてしまう。

「太一！　どくんだ！　早く！」

「わ、わかってるよ。ほら、姫子ちゃん」

「ん〜〜〜〜」

稲葉【四歳】は服の裾に摑まって太一から離れようとしない。

「どうしたらいいんだ……」

「どうしたらいいんだとか言ってないで太一！　とにかく……ああ……時間が——」

桐山が言葉を止めて、絶句した。

その刹那、太一の右後方で人が大きくなっ、た、よ、う、な気配《けはい》がする。

「ぬあ!?　苦しっ……てか服きっっつ！」

現に太一の視界前方にいる青木は、元に戻って服を直そうとしている。

目の前で一時停止していた永瀬と桐山も、動き出す。

「あああああ稲葉あああん！　待ってええ！　動かないでえぇ！」

「太一ぃぃぃ！　絶対後ろ振り返ったらダメよ！　絶対絶対絶対絶対だからねっ！」

「わ、わかった！」

太一は石像になったつもりで固まり、最悪の悲劇《ひげき》だけはなんとか回避《かいひ》した（途中、何者かに後頭部《こうとうぶ》を殴《なぐ》られた。後頭部は危険なので本当に自重《じちょう》して欲しいと思った）。

「なるほど、この場所を見つけたのはナイスだ」

稲葉が言う。

落ち着きを取り戻した室内で、今は話し合いが持たれていた。

「そして二回目も『誰かが変化したら十二時から十七時までずっとそのまま』。なら、これも既定《きてい》ルールと考えていいだろう」

稲葉の言う通り、『本当は時間内ずっとアトランダムに起こることだが、たまたま二回連続、特定人物に五時間固定で起こった』ということは考えにくい。

「……ていうか、マジでこの五時間の記憶がないってのが気持ち悪過ぎる。その間なにがあったってどうしようもないじゃねえか……」

「それは周りにいる俺達のことを信用してくれよ」

太一が言うと、稲葉は「まあ……そうだな」と頷いた。

「あの黒板《こくばん》の内容は〈ふうせんかずら〉が書き残したヒント……なのか」

永瀬が呟く。

「と、なると、黒板に四人の名前だけ書かれていたことが嫌に意味深《いみしん》だが……」

稲葉が、視線を太一の方に動かす。

ぎゅう、と心臓《しんぞう》が縮こまった。

「もしかして太一だけ『時間退行』しないっ……、とか？」

青木に正解をズバリ言い当てられ太一は更にどきりとした。

「ふん、まあ今のところそれくらいしか思い当たらないな。まあ、いずれわかるんだろう。……で、他になにかなかったか？」

稲葉がすぐに話題を変えてくれたことに内心ほっとしつつ、太一は口を開く。

「ああ、そういや、子供になった青木が桐山のことを別人に間違えたっていうのがあったんだが」

「なんだそりゃ?」

「ちょ、どういうことなの⁉　オレにも説明プリーズ!」

声を張り上げた青木を見ようとはせずに、桐山が言葉を発する。

静かな声色《こわいろ》だった。

「ちょっとだけ聞きたいんだけど。……西野菜々って知ってる?」

ぴたりと、変なポーズで青木が動きを止めた。

「唯こそ……なんでその名前知ってんの……?　……どっかで接点が……」

「【十歳】のあんたが、あたしのことを、西野菜々のお姉さんじゃないのって、言った」

青木が、息を呑《の》んだ。

二の句が継《つ》げなくなっている。

「西野菜々って……誰?」

桐山の問いかけに、青木が言葉を詰まらせる。

しかしやがて観念《かんねん》したかのように、青木は苦笑いで話し始めた。

「近くに住んでた同い年の子で……親《した》しくなったのは小学校三年か四年の時かな。その子はお嬢様《じょうさま》で私立に通ってたから学校は一緒じゃなかったけど。……で、中一の時に付き合ってた」

別に悪いことを話している訳ではない。でもなぜか太一は、これ以上聞きたくないと思った。なにか致命的なことが起こってしまう気がしてならなかった。

「で？」

他の面々が沈黙《ちんもく》する中、桐山が先を促す。

「中一の終わりに親の都合で引っ越すことになって……その時もう別れようってことになった。それからは年賀状《ねんがじょう》のやり取りがあるくらい。……そんな感じ」

「もしかして……その西野菜々とあたしって……似てる？」

桐山が、聞く。

青木の元カノが自分に似ているのかと聞く。

自分を好きだと言ってくる男の元カノが、自分に似ているのかと聞く。

「……似てる」

青木が、答える。

自分の元カノが桐山に似ているのだと答える。

自分の元カノが、今自分が好きだと言っている女に似ているのだと答える。

「しばらく会ってないらしいけど……その子が高一になったら、こんな感じになっていそう？」

桐山が自分の胸に片手を当てて、尋ねる。

「……かも、しれない」

青木が、答える。

急激《きゅうげき》に部屋の寒さが身に染みてきた。ライトの光源《こうげん》が届かない暗がりから、冷たい風が吹き込んでくるように感じる。

「なんか、それって——」

「——つまり推論《すいろん》も入れてまとめるとだ」

桐山のセリフを稲葉が遮った。

「まず、青木の子供の頃の知り合いである西野って子が唯と似ている、という事実があった。そして怪奇現象《かいきげんしょう》で青木が子供になった。その際、周囲の人間を都合よく解釈することになるのだけれど、唯の姿がたまたま西野って子に似ていたので、当時の記憶が戻っている【十歳】の青木は、唯を西野って子の姉であると誤認識した。ただそれだけの話だな。だいたいが意味のわからないことになっているのだから、そういうこともあるっちゃあるんだろう」

口を差し込む間も与えずに、稲葉はべらべら一人喋《しゃべ》りをした。

「まー、そういうことだよね。子供になるってことは、人そのものが変質するってことなんだから、訳わかんない感じにもなるよね」

永瀬が付け加えて、話はそこで打ち止めになった。

明日は直接ここに集まろうと決め、その日は帰宅《きたく》することになった。

太一達が暫定《ざんてい》で『こうだろう』と考えた規則に沿えば、帰宅しても大丈夫なはずだ。一人だけ別の情報を持つ太一は、より確信的にそう思えた。

徐々《じょじょ》に方向の違うものが離脱《りだつ》していき、最後は太一と青木の二人になる。

今は二人並んで座り、電車に揺られる。いつもはどうでもいいことを次から次に話しかけてくる青木が、今日はやけに大人しかった。

じっと正面の窓に目を向けている。

聞くべきか聞かぬべきか迷い、言わないで後悔《こうかい》するよりはと思って、太一は進むことにした。そうしなければいけない時があるということは、学んでいるのだ。

「さっきさ……、青木らしくなかったよな」

触れられたくないところかもしれないが、太一は尋ねてみた。

「……ん？　オレらしく……？」

ぼうっとしていたのか、鈍《にぶ》い反応だった。

「いや……、青木があんなに気まずそうにしていること珍《めずら》しいなって」

「……ああ、元カノが唯と似てるって話のとこね。……そりゃそうなるっしょ。まるでオレが……」

なにかを言いあぐねて、結局青木は言葉にすることを諦《あきら》めた。

「でも青木ならさ、あの場面で『とにかく唯が大好きだ！』みたいなことを、勢いで言うかなって」

太一が言っても、青木はしばらくの間応答しなかった。

「……あの現象の後、昔の記憶《きおく》とか気持ちとかぐわーっと思い出しちゃってさ」

低い声で青木が呟く。

「それでさ……よくわからないけど……前までのオレなら言ってただろうとは思うけど……色々こんがらがっちゃって……」

「『前までのオレなら』ってなんだよ……。どうしたんだよ……」

「だって、菜々のことが大好きだった気持ちを思い出したから。それを否定なんてできなかったから」

過去の自分に戻って、今の自分が思い出したこと。

「……唯が菜々と似てるなってことは、初めて見た時思ったよ……そりゃ。でも、だからって特になにかを考えたつもりなかったし……。似てるって話は、『似てるな』ってだけで終わったつもりだった……」

電車が減速《げんそく》し、停車する。

人がぱらぱらと降り、またぱらぱらと乗ってくる。

再び、ゆっくりと電車が加速していく。

「オレ、唯のことが好きだよ。でも確かに昔は、……菜々のことが好きだった。ずっと好きだった。今は唯のことの方が好きなんじゃないかとも思う。じゃあ……オレはいつ菜々のことを嫌いになったんだ？」

青木が頭を押さえる。独白《どくはく》は続く。

「嫌いになった覚えなんてねえんだよ……。別れたのだって引っ越しするからだったしさ……。オレはいつ菜々への『好き』を忘れたんだ？　それはもう消えてんのか？　それともまだ残ったままなのか？」

青木が救いを求める子羊のような顔を太一に向けた。

「なあ太一……。誰かを好きになるって、どういうことなんだ？」

たぶん自分には、その質問に答える資格すらない。


また、文研部《ぶんけんぶ》には普通ではないことが起ころうとしている。

だから必ず、なにかは変わってしまう。

そして変わってしまったなにかは、もう元には戻らない。

たとえどれだけ誤《あやま》った道だったとしても。

取り返しはつかないのだ。

決して。

＋　＋　＋

最近滅多《めった》に近づくことのなくなった両親の寝室《しんしつ》に、桐山唯は忍び足で侵入する。

壁際に設置されているガラス戸棚。

そこには、かつてあった輝かしい歴史がある。

トロフィー。

盾《たて》。

メダル。

賞状。

全て、唯が空手をやっていた頃に獲得《かくとく》したものだ。

戸棚を開けて、一つのちゃちな金メダルを取り出し、そっと指で撫でる。

自分が初めて参加した、凄く小さな大会で手に入れたメダルだ。

身も心も強い女の子に――。そんな両親の願いの下《もと》で、自分は空手を習い始めた。

当初はほどほどの習い事程度のつもりだったらしいのだが、唯がメキメキ実力をつける内に父親が心変わりして、もっと本格的にやらせるようになった。

唯自身も、楽しんで空手に取り組んでいた。

空手が全てだったとは言わない。でも空手が桐山唯の構成要素の多くを占《し》めていたことは事実だ。十一歳の記憶を振り返ってそう思う。

けれどあの日――、自分は男に襲われかけて、この世の男全てに恐怖を抱《いだ》いて、そして空手をやめた。

その男に対する恨《うら》み辛《つら》みなんてものはない。

ただ、仕方なかったなと、諦めるだけだ。

この世にはたくさんの不幸があって（例えばそれは交通事故とか大病《たいびょう》とか）、どれかに誰かがぶち当たってしまう。

そのお鉢《はち》が、たまたま自分に回ってきただけ。

怪我や病気でなかった分まだマシな方かもしれない。

それはどうしようもないことなのだ。

そして、不幸があるのと同様にこの世には幸《さち》がある。

自分はとても素晴《すば》らしい仲間に囲まれて、ゆっくりだけど、徐々に前進できている。

それでいいじゃないか。

それがこの世界じゃないか。

悪い波に飲み込まれることもあれば、いい波に乗せて貰《もら》うこともできる。

人間にはどう頑張ってもどうにもならないことがあると、一連の〈ふうせんかずら〉が起こす現象で身に染みてわかっている。

その中でできる限りのことを、自分はちゃんとやっている訳で――。

「お姉」

急に声がした。

びっくりしつつも、唯は急いでメダルを棚に戻し、振り返る。

ふすまのところにいたのは、二歳年下の妹、杏《あんず》だった。

「な、なに？」

「お姉こそ……どうしたの？　空手やってた時のものを見るなんて。空手をやめてからはずっと嫌がってたのに……」

「う、ううん。ただ昔のことを思い出す機会があったから……」

杏は特に疑問を挟むでもなく「ふーん」と頷いた。

「あ、それでね、お姉。わたし今日三橋さんに会ったんだ。覚えてるかな？　ほら、よく大会で戦ってた、お姉のライバルみたいな人」

三橋千夏。

今日、再びその名前を聞くとは思いもしなかった。

「お姉は仲よくなかったのかもしれないけど、わたし結構喋ったりもしてたんだ。でね、その三橋さんが久しぶりにこの町に帰ってきてるの。冬休みの間だけらしいけど」

なぜ妙な現象に巻き込まれている時に、偶然《ぐうぜん》にも彼女が帰ってくるのだ。

今自分には、悪い波が押し寄せてきているのか。

そうだ。そうに違いない。……今は耐《た》えなきゃいけない時期なのだ。

「へえ……」

なんとなく、もう既《すで》に会った、と言うタイミングを逃《のが》してしまった。

「あんまり言いふらしちゃダメだと思うんだけど、三橋さんご両親が離婚《りこん》して色々あったみたい、でね――」

杏の声が、すーっと耳を通り抜けていく。

杏に他意《たい》はないのだろう。

ただ今日あった出来事を、話しているだけ。

でも唯は思ってしまう。

親しい訳でもなかった、自分が今はやめてしまった競技《きょうぎ》でしか関わりのなかった子の近況《きんきょう》を聞いて、なんになるのだと。

過去に置き去りにしてきた記憶を今と結びつけて、なんになるのだと。

その過去の話は、もう今の桐山唯にはどうしようもないことだ。

今更《いまさら》やり直せないし、変えられるものでもない。

もう、今の自分にとって意味なんてない。

意味がないなら、知る必要はない。

——同様に、そこに意味がないのなら、自分のことを好きだと言ってくれる男子の過去を知る必要も、ない。

『時間退行』が起こった青木義文は、自分のことを昔の知り合いと間違えた。

その知り合いと自分が外見的によく似ているのだと青木は言う。

その昔の知り合いのことを好きだったのだ、付き合っていたのだと青木は言う。

あいつは以前、自分のことを直感で好きになったと言った。

直感。

理屈《りくつ》ではなく、直感。

一目惚《ひとめぼ》れ——と解釈してよいのだろうか。

しかし、昔好きだった人と似ている人に一目惚れするなんてまるで——。

——自分が好きになって貰えたのは、その子に似ていたからみたいじゃないか。

そして、昔好きだった彼女と引っ越しのため仕方なく別れたなんてまるで——。

——自分は、その子の代わりに過ぎないみたいじゃないか。

本当のところは、どうかわからない。

ただの自分の意識過剰《かじょう》かもしれない。

けれどなんだか、それがやたらと気持ち悪い。

だからと言って、相手にどういうことなんだと説明を求める勇気はない。

最低だと、自分を笑いたくなる。

ずっと嫌がって、否定して、やめてくれと、言ってきたのに、いざ『あいつのその思い』に揺らぎが出ると、不安になって相手を責めたくなる——。

「——ね？　……お姉、聞いてる？」

「あ、え、ごめん。聞いてるわよ」

「だからね……お姉、また空手やらないの？　お姉がやりたければでいいんだけど。結局なんでやめたのか教えて貰ってないし……。けどやっぱわたし、空手やってる格好いいお姉が好きだから……」

なんで今更、空手の話を、そうやって持ち出すのだ。

かつてあった自分。

変えられない過去。

やり直せない今。

鈍い痛みが胸を突く。

なぜ、痛い？

わからない。

けれど今の自分は、過去の自分を直視することができない。

忘れてしまいたい。

青木のことも知りたくない。

嫌だ。

痛い。

痛いのは嫌だ。

「……どうしたの、お姉？　なんで泣いてるの？　……わたし変なこと言った？　泣かないで、ごめんお姉……」

自分でも、どうして涙が出てきたのかわからなかった。

三章　昔の自分と今の自分と

次の日も、太一《たいち》は集合時間より随分《ずいぶん》早くに、稲葉家《いなばけ》最寄《もよ》り駅の改札を出た。

「た、太一!?　なんという偶然《ぐうぜん》！」

永瀬《ながせ》伊織《いおり》がやたらとオーバーリアクションしていた。今日は頭にニット帽《ぼう》を被《かぶ》っていなかった。

「いや、目的地と集合時間が同じなんだから、そりゃ会うこともあるだろ」

「あ、それもそうか！　よく考えれば昨日《きのう》も会ったしねぃ！　いぇい！」

妙なくらいにテンションが高い。

「でも、偶然ってあるもんだよね～。……引力ってやっぱあるのかなぁ？」

「引力？」

「ああ、気にしないで。こっちの話」

永瀬の横顔に、一瞬憂《うれ》いの感情が走った気がした。

「こっちの話とか言わないで……。なんでも言うようにしてくれよ？」

「だーいじょぶ、だーいじょぶ！　そりゃ力が必要だったら言うよ！　て～い～う～か～、それは太一も同じだってことをわたしは強調したいんだけど～？」

じろーっと永瀬が半眼《はんがん》を向けてくる。

「ああ……、もちろんだ」

「なぜ目を逸《そ》らしたぁ！　わたしの目を見て答えんかい！」

「いやなんか恥《は》ずかしくて……。って朝から元気過ぎるだろお前」

基本元気な奴だが、いつにもまして元気だ。

『時間退行《たいこう》』が、起こっているというのに。

「太一って自分がやらなきゃって思い過ぎちゃうしさー。いわゆる一つの自己中だ！」

「満面の笑みで自己中とか言わないでくれよ！」

気にしていることなのに。まあ開けっぴろげに言って貰《もら》えた方が気は楽だが。

「あ、そういえば太一。なんかわたし達に隠してることない？」

ぎくりと、した。

「な……、ないぞ。うん、なにも。……どうしてそんなこと思ったんだ？」

〈二番目〉の件は、話せない。自分は口止めされている。そして、奴らはいつどこでこちらを『観察《かんさつ》』しているかわからない。逆らえない。従うしかない。

「んー……、勘《かん》！」

妙に鋭《するど》いことがあるので、永瀬はなかなか侮《あなど》れない奴だ。

例の廃ビルに向かって、二人で歩いていく。

「で、結局のところ……やっぱ今回『奴が起こした現象《げんしょう》』に巻き込まれるのって、太一以外の四人なのかな？」

不意に、永瀬が問いかけてきた。

「ど、どうだろうな。こ、黒板《こくばん》に書いてあった時間は正しいみたいだしな」

どこまでいけば〈二番目〉の中のアウト判定になってしまうのか、そもそもそういう、概念の下《もと》、物事を考えているのかもわからない。

「う〜んじゃあ太一に頼んでみようかなぁ……。でも太一に頼ってばっかも悪い気がするんだよなぁ……。ってこんな言い方したら……」

「さっきなんでも言ってくれって話をしたばかりじゃないか」

「……って流れになるよなそりゃ！　なんか誘導《ゆうどう》したみたいで嫌じゃん！」

「別に、気にしなくても」

「なんか借りを作りまくりなのが……。もうっ、太一もわたしを頼れよ！　……わたしじゃ稲葉んなんかと比べて力不足なとこも多いのかもしれないけどさ」

「んなことねえよ！」

強く言い過ぎたのか、永瀬はちょっと驚いた顔をする。

「……俺《おれ》はよく永瀬に助けて貰ってるよ。明るい笑顔とか、元気な姿にパワーを貰っているというか」

「あれ？　わたしってそんな能天気系元気娘キャラだっけ？」

「それだけじゃないけど、そういうところもある……とは思う。というか今のテンション、まさにそんな感じじゃないか？」

「うーん、どうなんすかね～」

　少し照れたような笑みを永瀬は浮かべた。

「……よしっ！　じゃあさらっとお願いしておこう！」

「なんだ？」

「ほんのちょっとでいいからさ、子供になったわたしを……注意して見ててくれないかな？　わたしが、どんな子であったのか」

　冷たく透《す》き通る声が、白い息と共に吐《は》き出される。

　本当の自分がどんな姿であるか、永瀬は、それに迷いと疑問を抱《いだ》いてしまった。

　自分が何者であるかなんて答えられる人間、そうはいない。

　普通は、明確に答えられなくたって構わないことだ。自然に、やっていける。

　しかし、一度そこに疑いをかけてしまった者は、もう逃げ出せない。答えの見つからない迷いの森に取りつかれてしまう。

『自分はずっと自分を演じてきたんだ』、と一度でも思ってしまった人間なら、尚更《なおさら》。

「あ、いやいや。あんまり固執《こしつ》し過ぎないでおこう、『本当の自分』なんてだんだん見えてくるって、そう思ってはいるよ」

あくまで明るく、永瀬は話す。

「でもさ～、こんな『過去の自分に戻れる』事態が起こるんだよ？」

普通に生きていれば掘り返されない部分が、『時間退行』では否応なく晒《さら》される。

「本当はやり直せない、本当は戻れるはずもない、そんな過去を見せられてさ～、なにも思うなって方が無理じゃん、みたいな」

けっ、なんだよこれ、と永瀬は空中に向かってチョップを放ってみせる。

「狙ってやってるんじゃないの？　って疑いたくなるよ。ただの偶然なんだろうけどさ。ん、……わたしがこんな風になるのを〈ふうせんかずら〉は『面白い』って思ってるのかな？　だから面白くなるようにしてる？　んん？」

奴らの目的は、なんなのか。

一連の出来事の終着点《しゅうちゃくてん》は、どこにあるのか。

「まー、奴関連の話はしててもどうにもなんないからやめとこーっと」

信号に引っかかって二人は立ち止まった。

会話もなく、走り去る車を眺《なが》める。

ふと、永瀬がじっと一点を凝視《ぎょうし》しているのに気づいた。

永瀬の視線の先を、太一は追ってみる。

向こう側で、六、七歳の女の子が、父親と手を繋《つな》いで信号が変わるのを待っている。

幸せそうな父と娘《むすめ》を見て、家庭の事情で何人もの父親を持つことになった永瀬は、なにを思うのだろうか。

「そんな太一君に、わたしから一つ質問だ！」

人差し指をぴんと立てた永瀬が、太一に向かってポーズを決める。

「……どんな太一君だよ」

どうリアクションを取るべきか戸惑《とまど》いつつも、一応つっこんではみる。

「もし仮に、だ。過去をやり直せるとしたら、君はやり直したいと思うかい？」

作った声で、永瀬は問うてくる。

どんな答えを、求めているのだろうか。

「……そりゃあの時こうしていればっていうことは多いけど……。実際はやり直しの機《き》会《かい》なんてないからなぁ……」

曖昧《あいまい》に、誤魔化《ごまか》す。

「普通は、ね」

今自分達は、『普通じゃない』と、言いたいのだろうか。

「ちなみにわたしは、やり直せるのならやり直したいと思うかな。そして、もっと上手《うま》くやれるのなら上手くやりたいと思うよ」

そう言った永瀬は、とても毅然《きぜん》とした表情をしていた。

その日十二時になると同時に変化が起こったのは、永瀬と青木義文《あおきよしふみ》だった。

既定事項《きていじこう》のように、突如《とつじょ》として永瀬は【十四歳】になり、青木は【十一歳】になった。

「やはり言っていたルールは確定。もしかしたら現象が起こるのは二人ずつの可能性もあるな……まだわからんが。……そして【十四歳】にもなるか、やっぱり」

永瀬【十四歳】の方を見ながら稲葉が呟《つぶや》いたので、太一は聞く。

「どうかしたか？」

永瀬【十四歳】は、当たり前だが、もっと子供になる場合より変化が少ない。

今の永瀬を少々幼《おさな》くしただけだし、服装も元着ていた服で十分だった。

「幼くなる年齢《ねんれい》の幅は丸っきりランダムで制限がなさそうだなって話。今から二年前の姿にもなるなら、逆に生まれてから二年後だってアリになるだろ？」

「まあ、な。……じゃあ極論《きょくろん》ゼロ歳もあり得《え》る訳か？」

「……ほ乳瓶《にゅうびん》の準備が必要かもな……」

稲葉は、引きつった笑《え》みを浮かべていた。


昨日見つけた廃ビルの一室に、今日も太一達はお邪魔《じゃま》させて貰っている。

冷え込むとの予報《よほう》だったので、太一達は皆でお金を出し合って石油《せきゆ》ストーブを用意しておいた。安いもので火力は強くないが、毛布やカイロ類も併用《へいよう》すれば、大方の寒さは凌《しの》げそうな程度の暖《だん》は取れた。五時までの間なら、風邪《かぜ》も引かずに十分保ちそうである。

今日は変化した面々の年齢が高いこともあり、ゆったりとした時間が流れていた。

三時頃になって、なにか温《あたた》かいものでも買ってこようという話になった。

「じゃあ散歩がてらアタシが行ってくるよ。……つーかみんなで行こうか」

稲葉がコートの襟《えり》を立てて、外に出る準備をする。

「みんなでって、『時間退行』してる永瀬と青木を連れて行っても大丈夫なのか？」

「一度変化しちまえば五時まで元に戻らないだろうから、五時まではどこにいようが問題はないだろ？　町で知り合いに会ったって、『友達の親戚《しんせき》の子なんです。冬休みにこっちに来てるみたいで』とか適当《てきとう》に言っとけば大丈夫さ」

確かに……その通りかもしれない。

「まあこの奇妙《きみょう》な構成でカラオケでも行けば別だが、そこらをぶらぶらしてるだけじゃ向こうも根掘《ねほ》り葉掘《はほ》り聞かんさ。なにより……年末のこの時期にこんな寂《さび》れたビルで半日を過ごすなんてやってられんしな！　くそっ、暖《あたた》かい部屋でごろごろさせやがれ！」

「……どっちにしても外には出ないんだな」

「わたしも行きたいでーす」

永瀬【十四歳】がびしっと手を上げる。

永瀬【十四歳】は明るくて元気なとてもいい子だった。今の永瀬から『ぶっ飛んだところ』を少々取り除いた感じだろうか。

「唯《ゆい》と義文はどうする？」

稲葉が尋《たず》ねる。

青木【十一歳】は携帯《けいたい》ゲームに勤《いそ》しんでいる。

「……おい、義文。聞いてんのか。外に行かないか？」

「んー？　あー……ゲームやってるからいいかな別に」

「ちっ、家にこもってばかりの現代っ子が！」

「お前が言うな、お前が」

なんだろう。今日の稲葉はわざとボケてつっこみを待っているのだろうか。

「なら……この子一人を残しても行けないだろうし、あたしが残っとくわ」

優しい、お姉さんのような笑みで桐山《きりやま》が言う。

「えー、悪いって。菜々の姉ちゃんは行ってくればいいのにー」

ぴきりと、桐山の顔が凍《こお》りつく。

また、だ。

また『時間退行』状態の青木は、桐山唯のことを西野菜々《にしのなな》の親類《しんるい》と勘違《かんちが》いしている。

部屋に嫌な沈黙《ちんもく》が落ちる。

「あれ？　青木君、桐山唯さんのこと誰《だれ》かと間違《まちが》えてない？」

沈黙を破《やぶ》り一番初めに行動したのは、永瀬【十四歳】だった。

「へ？　どういうこと？」

「桐山さんは……桐山唯さんですよね？　変な質問ですけど」

「……あ、……ええ、そうだけど」

「あれ……似てるのになー、ちがうんだ。ふーん、桐山さんね」

まじまじと桐山の顔を眺めてから、青木【十一歳】はまたゲームの画面に戻る。大して気にはしないようだ。

「おい、唯、あんまり——」

「だ、大丈夫だよ」

稲葉の言葉を、桐山が遮《さえぎ》る。

笑顔ではあるが、少し、ぎこちなかった。

「……気にし過ぎるなよ。後、なにかあったら連絡しろ」

改めて稲葉が声をかける。

「あの……わたしが残りましょうか？　桐山さんに外に行って貰えれば……」

「そ、そんな伊織……ちゃんは気を遣《つか》わなくていいよ。だからいってらっしゃい」

太一も、青木【十一歳】と桐山二人だけを残すことに一抹《いちまつ》の不安を覚えながら、部屋を後にした。


「う〰、やっぱ外、寒〰〰〰い」

永瀬【十四歳】はマフラーに顔の下半分を埋《う》めるようにし、手をすりあわせながら歩いている。

「手袋、貸そうか？」

太一が言うと、永瀬【十四歳】はふるふると首を振った。

「あ、大丈夫ですよ。ありがとうございます、太一さん」

「遠慮《えんりょ》しなくていいから、ほら」

ちょっと無理矢理目に手袋を渡す。『時間退行』中の永瀬と、元の永瀬の関係がどのようになっているのかはいまいち不明だが、とにかく風邪を引かれては困る。

「あ……ありがとうございます。……えへへ、あったかい」

やわらかくふにゃけた笑顔を永瀬【十四歳】は見せてくれた。こちらまで幸せになってくる。『なにかをしてあげる』冥利《みょうり》に尽きるというものだ。

「満足げな顔しやがって……」

稲葉が冷めた目でこちらを見てきた。

「じゃ、お礼に……。……大好きっ、おにーちゃん！」

永瀬【十四歳】が太一の左腕《ひだりうで》にがばっと摑《つか》まった。

「お、お兄ちゃん!?」

永瀬【十四歳】は自分のことを『太一さん』と呼んでいたはずだが……。

「あれ？　太一さんっておにーちゃんって言われるの好きだと思ったんですけど？」

「好きだけど！　なぜわかった!?」

あ、思わず自分の嗜好《しこう》を漏《も》らしてしまった。

「んー、女の勘ってやつですかね」

にっこりと、最高のスマイルを浮かべる永瀬【十四歳】。

先ほどから、気も遣えるし空気を読める子だとは思っていた。

しかしこれが、人の好みに合わせてキャラを変えていた頃の永瀬の実力だというのか。

だとしたら……、なんと恐ろしい奴だ。全くけしからん。

と、太一の右側に妙な闘気《とうき》を纏《まと》った影が迫った。

「いつまで腕を組まれてにやついてるんですかね〜、おに〜ちゃ〜ん」

「いたたたたた！　耳が、耳がちぎれる!?　謝るから許《ゆる》してくれ稲葉！」

「あ、稲葉さん反対側いくんですか。よかったですね、太一さん。両手に花ですよ」

「伊織っ！　お前が【十四歳】じゃなかったら許してねえぞ！」

「片方の花は薔薇《ばら》よりトゲがあるけどな。痛っ!?」

好戦的な稲葉。

「太一は微妙に上手いこと言ってんじゃねえよ！」

「あはは、お二人って息合ってますね。まるで恋人同士ですよ？」

「あ、アタシと太一が恋人に見えるのか……」

「はいっ！　なんか『お似合い』って感じで！」

「そ、そうか、いい子だな、伊織ちゃん。よし、今日は特別になにかおごってあげよう」

「い、稲葉までが懐柔《かいじゅう》されている……」

なんという永瀬伊織【十四歳】。

永瀬【十四歳】がやたらと勧《すす》めるので、ホームセンター内の片隅《かたすみ》に設置された休憩《きゅうけい》スペースでコーヒーを飲むことになった。

太一と稲葉がまず自販機《じはんき》でコーヒーを購入。

続いて永瀬【十四歳】にお金を渡そうとすると、なぜか永瀬【十四歳】は首を振った。

「伊織ちゃん？」

「ごめんなさいっ、太一さん！　ちょっと見たいものがあるんで一人で見て来ます！」

と、言い残して走り去ってしまう。

「え？　おい！　どうする、追った方がいいよな⁉」

慌てる太一だったが、稲葉は悠然《ゆうぜん》と構えていた。

「んー、まあ変なことはしないだろうし大丈夫だろ。知り合いに見られても『すげー似てる子がいたな』って話で終わるだろうしな」

「いや、でも……」

混乱の可能性を生み出すものは、少しでも排除《はいじょ》すべきではないのだろうか。

「大丈夫だよ、案外」

稲葉は熱すぎるコーヒーを口で吹いて冷ます。

「稲葉って……気にし過ぎなくらい気にすることもあれば、大胆《だいたん》なところはびっくりするくらい大胆だよな」

「そのギャップに惚《ほ》れそうになるだろ？」

「……ほ、惚れるかはわからないけど……」

まったりした雰囲気《ふんいき》で稲葉と二人っきりになると、嫌に落ち着かなくなってしまう。

大切な友達で。

自分のことを好きだと一生懸命に告白してくれた女の子で。

でも自分は他の子が好きだと答えて。

けれど、諦《あきら》めないと宣言《せんげん》されて。

その後はただ、うだうだとしている間に時が流れてしまって。

少しの間、言葉が途切れる。

先に沈黙を破ったのは稲葉だった。

「……これを狙ってたんだろうな」

「え？」

「なんつーか空気読み過ぎで、でき過ぎなんだよな、あいつは」

稲葉はコーヒーを口に運ぶ。釣《つ》られて太一もコーヒーを一口飲んだ。甘さと苦みが口に広がる。

「……俺達に気を利《き》かせた？」

「たぶんな。どういうところから、そしてどういう感情から、そうしようと思ったのかは、わからないけど」

「これが……、永瀬の言っていた周りに合わせるだけの自分……なのか？」

「さあ、な。ただあいつに対してアタシが、『よくできたいい後輩《こうはい》だな』って思いを抱いているのは確かかな」

純粋《じゅんすい》に、周りに気を配《くば》れる性格のいい子が、永瀬【十四歳】なのか。

単純に、周りに気に入られるための演技をする子が、永瀬【十四歳】なのか。

それとも普通に、どちらの側面も含《ふく》んでいるのが、永瀬【十四歳】なのか。

「まあ別にどうだっていいんだろうけど、……過去の話だし。そうだろ？」

真剣な目で、稲葉が太一の瞳《ひとみ》を覗《のぞ》き込む。

「……だよな。大事なのは『今』だもんな」

そうか、と囁《ささや》いて稲葉は目を伏せた。

「……ちなみに、改めて、なんだけど。昔の……【四歳】のアタシはどうだった？　まあ昨日も少し聞いたんだが」

「大人しくてこっちの言うことをちゃんと聞くいい子だったぞ。頭もいいし」

『ちゅう』のくだりは言わない方がいいだろう。決して。

「……褒《ほ》められるとむず痒《がゆ》くなるな。人見知りなところ、なかったか？」

「うーん……、永瀬と桐山に怯《おび》えていたけど、あれは二人が悪かったからだし……」

「怯えていた、か。そうだな……、アタシはいつもなにかに怯えていた。……今もだ」

稲葉が、遠い目をする。

ここではないどこかを見つめる。

「それでもまだ小さいガキの時はいいんだけど、変な知恵《ちえ》をつけ始めた中学の頃とか酷《ひど》いぞ、たぶん」

「酷いってそんなこと……」

「とにかく『今』のアタシは、昔の姿を、もう誰にも……特にお前に見られたくないと思っている。それはどうしようもなく事実さ」

「でも、過去のみんなを見たからって、別にどうなる訳でもないぞ。さっき稲葉も過去の話なんだからって言ってたじゃないか」

「そう思おうとはしているさ。それでも、なにかは絶対に変わる。思い出話や人づてに聞くのとは訳が違う。この現象では『完全なる過去の誰か』が現れるんだ。なにも起こらないという方がおかしい」

現に唯と青木は……、言いかけて、稲葉は途中で口を閉じた。

過去の自分は、自分であって、自分でなくて、でもやっぱり自分だ。

「誰かに知られたくないことがある。誰かについて知りたくなかったことがある。誰かについて知らない方がよかったこともある。そして、自分自身についても思い出さなければよかったことも、あるんじゃないかな」

過去は『今ここ』にはない。

でも過去が『今ここ』に現れるとしたら。

「その内のどれかが、『決定的なにかを引き起こす』引き金になるかもしれない」

「けど今までは……、みんなで乗り切ってきたじゃないか。だから今回も……」

少しでも明るい兆《きざ》しを見たくて、太一は言う。

「そうだな、これまでは上手くいった。奇跡的《きせきてき》にな。でも『これからも』上手くいく保《ほ》証《しょう》はどこにもない。薄氷《はくひょう》の上をこうも何度も歩けば、人間いつかは落ちる」

いつ、『その時』が来てしまうのか。

『その時』が来るまでに、ここ数カ月太一達を翻弄《ほんろう》し続ける怪現象は本当の意味での終《しゅう》焉《えん》を迎えるのだろうか。

まさか、『その時』が来るまで怪現象は起こり続けるなんてことは――。

「……四歳だとまだ自意識が完全じゃないせいか、はっきりどう思っていたかなんて思い出せてはいないけど……」

ふと稲葉が指の爪を噛《か》み、すぐ離す。

「アタシも昨日現象が終わってから、思うことがあったよ。上手くは言えないが、漠然《ばくぜん》とした幼い頃の感情を思い出して……。純粋な分だけ強くて、飲み込まれそうで……」

稲葉が自分の胸をぐっと押さえる。

皆の胸中ではどれだけのものがうごめいているのか、太一には、想像することさえできない。

自分には、現象が起こっていない。

「初め、この『物理的変化』が発生した時、どんな地獄《じごく》になるかと思ったよ。誰にも見られる訳にはいかないから、逃亡生活になるんじゃないかって。けど、ある程度制限があるとわかって、まだなんとかやれるんじゃないかって気がしたんだが……」

——地獄はやっぱり地獄だったよ。

そう、稲葉は言った。

「まーぐだぐだ喋ったけどさ。結局言いたいことは一つなんだよ。ったく、面倒臭い女だな」

自嘲的《じちょうてき》に笑って、稲葉は揺れる瞳を太一に向けた。

「不安なんだよ、太一。アタシは……不安なんだ」

稲葉が、なにも取り繕《つくろ》うことなく素直に、自分の弱さを打ち明けてくる。

けれど太一は、その不安を受け止め切ることができない。

「大丈夫だから……」

そう、口先だけの慰《なぐさ》めを与えるだけだ。

だと信じてるよ、と稲葉は多少無理をした笑顔を作った。

なぜ自分は、強く「大丈夫だ」と言ってあげることができない？

それはたぶん——。

「つーか、……早く状況説明に来やがれよ〈ふうせんかずら〉」

「うっ」

思わず声を漏らしてしまって、太一は慌《あわ》てて口を閉じた。

稲葉には気づかれなかったようだ。

今回の現象を招《まね》いているのは〈ふうせんかずら〉ではない。

その事実を知るのは太一だけだ。

〈二番目〉は、現段階では自分のところにしか姿を見せていない。今の稲葉の発言から見ても間違いないだろう。

だから現状、皆が無事でいられるかどうかは、自分の行動にかかっている。

「二度と会いたくないのに……一回起こされてしまえば、早くあいつに会って、情報を聞き出したいって、……なんとなく妙な感じだな」

稲葉の分析力《ぶんせきりょく》に頼ったり、皆の知恵を借りたりすることもできない。

自分が、皆の命運《めいうん》を背負っているのだ。


五時になって、永瀬【一四歳】と青木【十一歳】が元に戻る。

戻った直後、永瀬は「うぷっ……」と呻《うめ》いて頭を押さえた。

慌てて大丈夫かと聞くと、「ちょっと頭が混乱してるだけ」と永瀬は答えた。少し顔色が悪い気もする。大丈夫だろうか。

「これの繰《く》り返しになるのか……」

皆で廃ビルの一室を片付けながら、稲葉が呟いた。

当分ここが拠点《きょてん》になりそうなので、放置可能なものは置いていくことにしている。

青木が口を開く。

「でも、起こる時間がわかってるだけマシじゃね？　その間なんとかすればオッケーな訳だしさ」

「確・か・に！　冬休みだから学校行かなくていいしね！　まー、日中家を空《あ》けることになるけど」

先ほど顔色が悪いかと思っていたのに、永瀬は凄《すご》く元気だった。

「けどこのままだと年末年始も……。家にいないの親になんて説明しよう……」

桐山が憂鬱《ゆううつ》そうな顔をする。

あ、と永瀬が声を上げた。

「そっか～、お正月特有イベント群《ぐん》を忘れてた。うちは親の実家に帰るってほとんどないからさ。みんなはおじいちゃん、おばあちゃんの家に帰ったりしないの？」

「俺のところは帰らない予定だけど」

太一が言う。他の面々も、両親の実家が近くにあるからとか家族全員が帰る訳ではないのでなんとかなるなど、問題はなさそうだった。

「帰省《きせい》しなくていいのはデカイな。後は昼間家を空けることになるが、夜には帰れるんだし、変化が起こらなかった人間は帰ってもいいんだから、誤魔化《ごまか》しは利《き》くだろう」

「でもなるべくみんなでいようぜ！　仲間は支え合いの精神だ！」

力強く青木が宣言する。

ふっ、と稲葉が笑った。

「そうだな……。……よし、なら思いっ切りプラス思考《しこう》でいこう。考えてみりゃ、冬休み中ずっとみんなでつるめるんだぞ？　無茶しなけりゃ外にだって出られるんだ」

稲葉が言い、続けて永瀬が明るく言う。

「初詣《はつもうで》は絶対行こうね！　後は正月らしく餅《もち》食べようよ、餅。その前に年越しそばか！……あ、でもわたしが『時間退行』してしまったらその時の記憶はない訳だから……、食べてないのも同然!?　ショック！」

「こんな状況で食いもんの心配かよ」

強いな、と思いながら太一はつっこむ。

「それに誰かが子供になるって、よく考えたら最高に楽しいイベントじゃん！　ああ、もう一度ミニサイズ稲葉んに会いたい……！」

ちょっと元気過ぎる気もするが。

『ミニサイズ稲葉』、に桐山も反応する。

「あ、あたしもちっちゃい稲葉に会いたい！　だって信じられないくらいプリティーなんだもん。次会ったら……むふっ」

「『むふっ』ってなんだよ!?　なに企《たくら》んでるんだよ唯！」

稲葉が若干《じゃっかん》引いていた。

可愛《かわい》いものが大好きな女子高生、桐山唯（一六歳）。

「ん？　ならちっちゃい伊織にも会えるチャンスがあるってことよね……みゅふっ」

「『みゅふっ』って『むふっ』より恐いよ唯!?　わたしがミニサイズ稲葉んにしたようなことはしないでね!?」

「てめえ人にやられて嫌なことまでアタシにやってたのかよ！」

「お、おい太一。念のため確認しておきたいんだが、オレはそのような被害《ひがい》を……」

青木が心配そうに尋ねてきたので、安心させてやるためにも太一ははっきりと言う。

「受けてないぞ」

「なーんだよかった……ってそれはそれで逆に悲しいぞ!?　オレだって子供の頃は可愛かったはずなのに！」

面倒臭《めんどうくさ》い奴だった。

ランタン型ライトしか光源《こうげん》のない室内が、妙に明るく感じられる。

ただ単純に、凄いなと太一は思った。

文研部《ぶんけんぶ》の仲間達の力は、暗闇《くらやみ》だって吹き飛ばせてしまう。

自分は無力だけれど、できるだけのことをやって、そして明るくこの『時間退行現象』だって乗り越えてやるのだと、太一は一人誓《ちか》った。

引っかかることは、桐山と青木が、あまり会話を交わしていなかったこと、か。

＋＋＋

桐山家次女、桐山杏《あんず》は、最近偶然にも再会し連絡先を交換したばかりの人物から電話を受ける。

『お姉さんが空手《からて》をやめた理由、杏ちゃんも知らないのよね？』

電話の向こうで話すのは、自分の姉・唯と同い年で、空手において唯とライバル関係にあった、三橋千夏《みはしちなつ》だ。

「はい、どうしても教えてくれなくて……」

どうも三橋は、唯が空手をやらなくなったことを快《こころよ》く思っていないようだ。

『で、訳のわからない部活やってるのよね？』

「『文化研究部《ぶんかけんきゅうぶ》』とかいう部活で……。あ、ここんとこ部活関連でやらなくちゃならないことがあるって、昼間ずっと家にいないんですよ」

『年末のこんな時期までやるくせに内容はよくわからないって……なんなのよ』

「でも、お姉はいつも部活のことをとても楽しそうに話しています。わたしは、空手をやめてからどこか抜《ぬ》け殻《がら》みたいに元気のなくなったお姉が、だんだん元気になっている気がするので、今の部活に入ってくれてよかったと思っています」

それは、絶対に間違いのない事実だ。

『……そう……なんだ』

「あ、そういえば大晦日《おおみそか》も元日《がんじつ》も部活関係で出かけるらしいです。流石《さすが》にお正月くらいは家族で過ごしなさいって父とちょっと喧嘩《けんか》になりかけてました」

『そこまでなの……』

本当になにをしているのだろうと、杏は思う。

全体を通して見れば、絶対に唯は元気になっているのだけど、ここ数カ月、話し方がおかしくなったり、一時的なひきこもりになったりと、不安定になることも多い。それも、部活のなにかが関連しているようなのである。

『もう一度会わなきゃって思ってたけど……、今桐山がなにをしているかも確認する必要があるわね……。部活ってどこでやってるの？』

「知らないんです。どうも冬休み中は学校じゃないみたいです。しかも最近子供服はあるかって探したり、毛布を持ち出したりよくわからない行動も増えていて……」

ん、よくよく考えてみると、ここ最近の唯は……もの凄くおかしい。

ちょっと、心配になってくるほどに。

『……本格的に確かめる必要が出てきたわね……。……いっそ尾行《びこう》でもしてやろうか』

「え？　尾行……ってあの尾行ですか？」

『い、いや、もちろん変な行動だと思うんだけど――』

「あ、あのっ、それっ……わたしもついて行っていいですか!?」

四章

仕方のないことだから

ついに、恐れていた事態が発生してしまった。

八重樫《やえがし》太一《たいち》は呆然《ぼうぜん》とする。

いつか来るかもしれない、その可能性があるのはわかっていた。

でも、まさか起こらないだろうと、どこかで高《たか》を括《くく》っていたのだ。

その日『時間退行現象《じかんたいこうげんしょう》』が起こったのは、永瀬《ながせ》伊織《いおり》と青木《あおき》義文《よしふみ》の二人だった。

青木は退行して、【十二歳】になった。それはいい。

問題は、永瀬の方である。

「だー！」

「『だー！』じゃないわよ伊織！　ちょっと、こら!?　服脱げちゃうでしょ！」

桐山《きりやま》唯《ゆい》が四苦八苦《しくはっく》しながら——赤ん坊を抱きかかえる。

そう、永瀬伊織は、赤ちゃんになってしまっているのだ！

「なにぼさっとしてんだ太一！　起きろ！」

稲葉姫子《いなばひめこ》がびしびしと頬《ほほ》を叩《たた》いてくる。

「……はっ！　すまん、ちょっと現実逃避《げんじつとうひ》してた」

「気持ちはわからんでもないが……」

稲葉もげんなりした様子だ。

「よ、よし、じゃあなにが必要なんだ？　服はここにある分で大丈夫そうか？」

「流石《さすが》に赤ちゃんは赤ちゃん用の服がいるかも！　じっとしててくれないから！」

太一の問いに桐山が叫《さけ》び返す。

「そうか。服は用意するとしておむつも要《い》るのか？　後なにか食べさせる必要もあるよなっ？　赤ちゃんにはやっぱりミルクを……」

視線を動かして、太一は稲葉の体の一点で目を止《と》める。

いや、それはないなと思って視線を上げると、稲葉の頬が少し赤くなっていた。

「う……、うら若き乙女《おとめ》が母乳《ぼにゅう》なんか出るかコラあああ！」

「け、蹴《け》るなっ！　ちょっと連想《れんそう》しちゃっただけだって！」

「え、母乳？」

「義文！　お前はエロいワードに反応を示すな！」

「いってえ!?」

青木【十二歳】が稲葉に引《ひ》っ叩《ぱた》かれていた。

その前に、母乳は決してエロいワードではないはずだ。

「つーかだいたい満一歳は迎えてそうだから、アタシらと同じもんを食べやすいようにしてやっとけば大丈夫だよっ！」

「りょ、了解です」

全く、と稲葉は呆《あき》れた顔で息をついた。

「ま……、お前が相手だったら吸わせてやらんこともないけど」

「ぶふっっっっ!?」

太一はかつてないくらい盛大に吹き出した。

「まあ、流石に嘘《うそ》だけど」

「な、な、なんて嘘をつくんだ！」

一瞬想像しちゃったではないか！

「……別に事実にしてもいいけど？」

誘うような目で、稲葉が胸元をちらっと開いてみせる。

「いや……ちょっと……それは――」

ゴチンッ、と鈍《にぶ》い金属音がした。

どうやら、桐山がオフィス机を蹴っ飛ばしたらしい。

「あんたら変な話してないでさっさと要るもの買ってきなさいっっっっ！」

桐山がブチ切れてしまった。顔も真っ赤だ。

「うぇ……、うぇーん」

　すると、大声に驚いたのか永瀬【一歳（推定《すいてい》）】がみるみるうちに泣き出した。

「あ、わわ、ごめんっ伊織ちゃん！　泣かないで！　大声出したあたしが悪かったわ！　ほらっ、よーしよし」

「よーしよし義文っ！」

「義文は小学生並みにくだらなくて意味のないこと言ってんじゃねえよ！」

「……まあ、小学生だからな」

　稲葉のセリフに太一はつっこんだ。確かにちょっと子供っぽい気もするが。

　なんだか、今日は特に大変なことになりそうな予感がした。


　ともかくも太一と稲葉が必要なものを買いに走り、おむつをはかせ、赤ちゃん用の服を着せ、と一応格好《かっこう》だけはつけることに成功した。赤ちゃん用の食事も与えた。

「赤ちゃんって、やっぱ普通より暖《あたた》かくした方がいいわよね？」

　床に毛布を敷《し》き詰め、横になれるくらいの広さがあるスペースで、桐山が永瀬【一歳】の相手をしてあげている。

　最近いまいち元気がないことも多かったのだが、永瀬【一歳】に手を焼く今日はいつもより明るく見えた。

「おい、だからってストーブの近くにはやるなよ。唯が壁になってやれ」

　稲葉が指示を出す。

永瀬【一歳】はなかなかの速度でハイハイができるので、放っておくと石油《せきゆ》ストーブに触れてしまう危険性もあった。

青木【十二歳】は椅子《いす》に座り携帯《けいたい》ゲームをプレイしている。

子供の青木はゲームさえ与えておけば大人しくしているので、ある意味安全パイと言えた。

「うぃぃう……うぇううあ……」

と、永瀬【一歳】がぐずり始めた。

「どうしたの？　大丈夫よ〜。は〜い、はい」

桐山が抱きかかえてあやそうとするが、なかなか上手《うま》くいかない。

「……どうしたんだろ？　ご飯じゃないだろうし……眠くなったのかな？」

桐山が頭を悩ませるその横で、今度は稲葉がぼそっと呟《つぶや》く。

「……はたまた…………『おむつ』か」

おむつ替え。

それは、赤ん坊を育てる時に避けては通れない道だ。

赤ちゃんのおむつを替えるに際して、女の子のおむつを男が替えようが、またその逆の場合でもなんでも、とやかく言う人間はいないだろう。

しかしこの赤ん坊は、赤ちゃんではあるのだが、同時に、同級生の永瀬伊織という一少女でもあるのだ。

色々、いいのだろうか、倫理的《りんりてき》に。

「……そういや……『大』的な臭いがして……」

すんすん、と稲葉が鼻を動かす。

「うぇ、うんこ臭《くさ》っ！　うんこ臭っ！」

「せっかくオブラートに包んで言ったのにうんこって言うんじゃねえよ義文！　しかも二回もうんこって言いやがって！」

「……稲葉もやめような。女の子なんだし。結局自分も二回も言ってるし」

別に嫌とは言わないが控《ひか》えた方がいいのにな、と太一は思う。

「え……、ごめん。あたし鼻がつまり気味だからよくわかんなくて……」

桐山が永瀬【一歳】を毛布の上に寝かす。

「よし……じゃあ……ええと……どうしたらいいんだ……？」

桐山が眉間《みけん》を押さえる。

「……どうしたらいいの稲葉!?」

「そんなもん……、服をべろっとめくって、おむつをばっと脱がせて、汚れたところをささーっと拭いて、もう一回おむつを装着《そうちゃく》したらいいだけだろ？」

「簡単に言うけど初めてだから……。それにこの子結構《けっこう》動くし……。手伝って、稲葉！」

「……ヤダ。なんかばっちいし」

人にはやれと言うくせに無責任な奴だった。

「『ばっちい』って！　仕方ないじゃない!?　もう……じゃ、じゃあ太一手伝ってよ？」

「お、俺《おれ》は不味《まず》くないか？」

「で、でもあたし一人じゃできないのよっ」

「……わかった。手伝おう」

まあ、赤ちゃんのおむつを替えるだけなんだし、と思い太一も桐山の側《そば》に行く。

「えー……どう分担しよう？　じゃあ俺が脱がすから——あだあああ!?」

何者かによって太一の首がぐりんと曲げられた。首がねじ切れるかと思った。

「やっぱアタシがやるから太一はどいてろっ！　いくら『時間退行』状態とはいえ同級生男子にケツの穴まで見られたら流石にやりきれないっ！」

「じゃあ口で注意してくれ！」

太一は切実《せつじつ》な思いで叫んだ。

桐山が赤ちゃん用の蓋《ふた》付きストローコップで、永瀬【一歳】にリンゴジュースを与える。その様子を太一と稲葉はぼんやりと眺《なが》めている。

「……ところで太一、お前に変化が起こらないことは確定っぽいよな」

不意に、稲葉が話しかけてきた。

「みたい……だな」

努《つと》めて何気ない口調で、返す。

なんとなーく違和感《いわかん》あるんだよなあ、と稲葉は呟く。

「四人にしか現象が起こらないし、なにより〈ふうせんかずら〉がまだ現れない」

爪を噛《か》み、稲葉はじっと考え込む。

「もしかして今回は……〈ふうせんかずら〉以外の存在が元凶《げんきょう》となっている……？　太一はどう思う？」

どうして、そこに着想できるのだと太一は思う。

心拍数《しんぱくすう》が上がる。

どう、答えるべきか。

〈二番目〉との約束は守るべきのようにも思える。

でも同じく、稲葉にこの情報を伝えて相談すればよりよい打開策《だかいさく》が見つかるようにも思える。

「ま、〈ふうせんかずら〉以外の存在ってことは九十九パーセントないだろうけどな」

太一が無言でいると、特に答えを求めていた訳でもないらしく、稲葉はさっさと話を変えた。

「さあ、ずっとここにいても滅入《めい》るし、外の空気を吸いに行かないか？　晴れてるし」

稲葉が言うと、ちょうどゲームに切りがついたらしい青木【十二歳】が立ち上がった。

「オレも行きたい！」

「いい気合いだ、義文。子供は風の子だ」

うむ、と稲葉は頷《うなず》く。

「唯も、行くだろ？」

「え……？　でも伊織が……」

「赤ん坊を決して綺麗《きれい》とは言えない室内にずっといさせたくないのもあるんだよ。ほら行くぞ」

　結局強引な稲葉に促《うなが》され、周辺を散歩することになった。

　空《あ》き地《ち》の中に置き去りにされていたボールでサッカーをしていると（主に太一と青木【十二歳】とたまに桐山が）、結構な時間が経《た》ってしまったようだ。日も暮れてきている。

　稲葉が上がるよう指示を出す。

「えー、もう終わり～」

　ずっと走り回っていたのに青木【十二歳】はまだまだ元気だ。

「いや……もう十分だろ」

　対する太一はへばり気味だ。運動不足が祟《たた》った。

「なっさけねーなぁ」

「ぐっ……お前も年を取ればいつかはこうなるんだぞっ」

「……太一。それは本来いい歳こいたパパになってから言うセリフよ」

　桐山が可哀想《かわいそう》なものを見る目で言った。

途中、再び青木【十二歳】が、桐山を西野菜々《にしのなな》の姉と認識していたとわかった時には肝《きも》を冷やしたが、桐山は大した反応も見せずにさらっと流していた。気にしないようにしているのだろう。

「それにしても……、まさか伊織を抱いて歩く日が来るとは思わなかったよ……」

稲葉が呟く。

永瀬【一歳】は稲葉の腕の中でもそもそと体を動かしている。

「しかし結構長い間、赤ちゃんをこの寒さの中にいさせてよかったのか？」

少し心配だったので太一は訊《き》いた。

「だから早めに帰ろうかなぁとも思ってたんだが……やたらとこいつが元気だからさ。こら、顎《あご》を摘《つま》むな伊織。なんもでねえぞ」

と、太一達が廃ビルに辿《たど》り着く直前だ。

「ちょっと待ちなさい！　そこ！」

聞き覚えのある声がした。

声の方に顔を向けると、ポニーテールの女の子が建物の陰から出てきた。

確かあれは、つい四日ほど前に絡《から》んできた、桐山が空手《からて》をやっていた頃の知り合いだという――。

桐山が、ぽろりと言葉を漏《も》らす。

「み、三橋《みはし》さん……？」

そう、三橋。三橋千夏《ちなつ》だ。

三橋は怒りの暴発《ぼうはつ》を防ぐかのようにぶるぶると震《ふる》えている。

「誰《だれ》だ？」

稲葉が不審《ふしん》そうな顔をしたので、太一が簡単に説明してあげた。

「お姉！」

再び誰かが飛び出してくる。

栗色のショートボブカットが活発な印象を与える、勝ち気な瞳《ひとみ》の女の子だ。

どこかで見たことがあるような……。太一は脳内のメモリーを検索する。

「あ、杏《あんず》!?」

今度は叫ぶ桐山。

思い出した、桐山の妹、桐山杏だ。

直接会った……というのとは少し違うが、人格が入れ替わって桐山の体に乗り移った時、顔を合わせたことがある。

顔立ちが桐山にそっくりで、背は姉より高い。

突如《とつじょ》現れた三橋と桐山妹はずんずんと太一達の方に近づき、目の前で立ち止まった。

「ちょっと、どういうこと？」

三橋が桐山に責めるような口調で訊いた。

「どういうことって……？」

「とぼけないで。あなた達が、あのビルでなにをしてるのかって話よ」

「お姉！　わたし達は見てたんだよ？　勝手に取り壊し予定のビルに侵入《しんにゅう》して！　ダメじゃない！」

見られていたのか。

太一はどうしようかと視線を彷徨《さまよ》わす。稲葉は様子見なのか静観《せいかん》していた。

「それより最大の問題は……その赤ちゃんと子供！」

三橋が目を剝《む》く。

「ビルに入った時はそんな子達いなかったでしょ!?　どうなってるの!?　朝一緒だった他の二人は!?」

多少狼狽《ろうばい》気味でもあった。

「そうだよお姉！　途中でそこのお二人さんがベビー用品店の袋持って帰ってきた時からなんかおかしいと思ってたけど！」

「あんたら、もしかしてずっとビルを見張ってたのか？」

稲葉が、三橋と桐山妹に向かって尋《たず》ねかける。

「そうだけどなに？」

警戒心《けいかいしん》を露《あらわ》にした三橋が返す。

しかし稲葉は取り乱した様子を微塵《みじん》も見せず落ち着き払っていた。流石は稲葉姫子。

「…………やばっ」

やっぱりやばかったらしい。なんだよ稲葉姫子。

「しかもあのビルに入ってみたら……」

「いっ⁉　三橋さんそんなことまで⁉」

桐山は相当焦《あせ》っていた。

「なによ、あなた達も許可なんてないんでしょ？　……で、入ってみたら食べ物やら毛布やらライトやらストーブやら……」

三橋は、どんどん眉間のシワを深めていく。

「一番訳わっかんないのは……色んなサイズの服！　あれなんに使うのよ！」

「お姉もママに『昔の服』ないかって聞いてて、なんでかなって思ってたけどこういうことだったんだね！」

「とにかく」

「説明を」

「『してっ！』」

二人は猛烈《もうれつ》な勢いで迫った。

「うう……それは……」

矢面に立たされた桐山が言葉に窮《きゅう》している。

「うーん……、本格的に不味そうだな」

稲葉が言うので、太一が答える。

「だ、だよな……。色々見られちゃってるみたいだし……」

「いや、それもだけど、なにより放っておいたらこのまま五時になりそうだろ?」

「あ」

五時になると、当然永瀬【一歳】と青木【十二歳】は元に戻ってしまう訳で……。

「しゃ、洒落《しゃれ》にならなくないか!?」

「ああ、ならんな」

「なんでそんなに落ち着いてるんだよ」

余裕《よゆう》が逆に恐い。大丈夫か稲葉姫子。

「だからどうしよっかなーと考えてたんだよ。ビルの中にいるのまで見られてたら、親《しん》戚《せき》が……というのも無理あるし。ま、言い訳は思いついたんだけど、説明すると食いつかれて時間がかかりそうだから……結局逃げることにしたよ」

「……は?」

「伊織と青木を連れて裏から回って戻る。じゃ、足止め頼んだ」

「お、おう。……おおう!?」

稲葉は永瀬【一歳】を抱いたまま青木【十二歳】の手を引いて退散《たいさん》していく。

「……あれ? どこ行くのよ!」

稲葉の動きに気づいた三橋が叫ぶ。

「もうっ、ていうか君はなんなの!?」

三橋が声をかけたのは青木【十二歳】だった。

「えっ？　オレは——てっ⁉」

「黙《だま》っとけ！　走れ！」

「た、叩くなよ～」

「おぅおう！」

「伊織も静かにしろっ」

稲葉が無理矢理に青木【十二歳】と永瀬【一歳】を連れ去っていった。

「だから待てっ……なによ？」

追おうとする三橋の前に、太一が立ち塞《ふさ》がる。

「……なにと言われても困るんだが」

「まあもういいわ。二人に聞くから」

ふんっ、と三橋は鼻を鳴らした。

「まずあの赤ちゃん、どうしたの？」

「ええと、知り合いの子で……」

桐山は太一の顔をちらちら確認しながら言い淀《よど》む。

「お姉、さっきからその男の人の顔ばっかり見て……はっ！　まさか！」

桐山妹が大きく目を見開いた。

「あ、あ、あの子はまさか…………その人とお姉の子供⁉」

「あたしの子供な訳ないでしょっ！　あたしがいつ妊娠《にんしん》したのよ⁉」

「あ、そうか。なら……さっき子供を抱いてた人がママ⁉」

「ちが────う！」

「ええ？　じゃあその男の人がパパであるとして……」

「あるとすなっ！　高校一年生は普通子持ちじゃありませんっ！」

「で、でも絶対じゃないんでしょ？」

「確かに絶対ではない……けどこの場合は絶対なの！」

「じゃあそれ以外にどうやって三角関係の説明をするって言うの⁉」

「どこのことを指して三角関係って言ってるの⁉」

「お姉とさっきの美人の人とそこの男の……ん？　なんかこの男の人……、前にお姉が『いいこと』あったって話してた時に説明してた人の特徴《とくちょう》と結構被《かぶ》るような……？」

「あ、あ、あ、あんたは一回こっち来なさいっっっっ！　ふしゅー！」

太一と三橋が呆気《あっけ》にとられる中、桐山（姉）は桐山妹を物陰《ものかげ》へと引きずっていった。

　数分後戻ってきた時には桐山（姉）一人だった（その間太一は三橋と二人きりで非常に気まずかった）。

「……なにをして来たんだ？」

「まあ……お姉ちゃん権限《けんげん》発動ってやつよ。……疲れた」

太一が訊くと、桐山はふぅと額《ひたい》の汗を拭《ぬぐ》った。

途中微妙に泣き声っぽいのが聞こえてきたのはたぶん気のせいだろう。

「あの子根はいい子なんだけど、……たまに思い込みが激しくなるのよ」

「……そうらしいな」

後は姉妹間《しまいかん》の問題っぽいので、太一は口を挟まないことにした。

とりあえず桐山家は年中騒がしそうだなとは思った。

「杏ちゃんを家に帰したところでまだわたしがいるんだけど、無視しないでくれる?」

しばらく放置されていた三橋はふくれっ面《つら》をしていた。子供っぽいところがちょっと可愛《かわい》らしかった。

「ああ……、ええとだな——」

それから太一と桐山は、時に誤魔化《ごまか》し、時におだて、時にすかして、なんとか後日きちんと説明をするということで手を打って貰《もら》った。

「……もういいけど。はぁ……」

三橋も随分《ずいぶん》疲れているようだった。お昼からずっと張り込んでいたのなら当然か。

「じゃあ、そういうことで、三橋さん。……行こっか、太一」

安心したのか、桐山はほぅと頬を緩《ゆる》めた。

その時、桐山の顔を見ていた三橋の表情が一瞬歪《ゆが》んだ。

どういう感情なのかは、傍《はた》から見ているだけの太一にはわからなかった。

「ねえ桐山……。あんたって今なんの部活してるんだっけ？」

「へ？　部活？　えっと、『文化研究部《ぶんかけんきゅうぶ》』っていうところで……。いつも部室に集まって喋《しゃべ》ったり、遊んだり、各自好きなことやったり……」

「桐山……。せめて部活らしい活動のところを言ってやれよ」

「あ、そ、それもそうね。うんーと、毎月『文研新聞《ぶんけんしんぶん》』っていう、各自が好きなように記事を作って寄せ集めた新聞を発行して……あれ？　あたし達ってもしかしてずっと好きなことやってるだけじゃない!?」

「……気づいてなかったのかよ」

桐山は、どんなつもりで部活に来ていたのだろうか。

「なにそれ……遊んでるだけなの？」

トゲのある言い方だった。

「そうとも言えるけど……」

「それって、なんの意味があるの？」

間髪入れずに、三橋は桐山に問いかける。

「意味って……言われても……」

桐山の表情が、固くなっていく。

「桐山って、今なにか頑張っていることある？」

「あ、あたしは……」

続ける言葉に迷い、出口を見つけられずに、桐山は押し黙る。

「……桐山ってなんのために生きてるの、ホント」

「なんのためにとか……そんな……」

桐山は曖昧《あいまい》に、そして若干卑屈《ひくつ》に笑った。

そんな桐山の態度は、三橋の癇《かん》に障《さわ》ったようだ。

「腑《ふ》抜《ぬ》けやがって……！　いい加減にしろよっ！」

「なんで……なんであたしが責められなきゃなんないの⁉」

三橋の怒りに触発《しょくはつ》されたのか、桐山も熱くなっていく。

「あの格好よかった桐山唯はどこにいったの⁉」

「昔のあたしがなんだって言うのよ⁉」

「昔のあんたに比べて今のあんたがしょーもないって言ってんのよ！」

「人が変わってなにが悪いのよ⁉　昔のことなんて知らないっ！」

知らないって……と、三橋は裏切られたような顔つきをする。

「じゃあ……あの時言ってたことは嘘だったの⁉　わたしとの約束は⁉」

「約束なんて知らないって言ってるでしょ！」

そう言われて、三橋は泣きそうに顔を崩《くず》す。

「な、なによ……」

三橋の表情に、桐山の勢いも緩んだ。

ぐっ、と一度歯を噛み締めて、三橋は黒のブルゾンを投げ捨てた。

宙《ちゅう》に舞ったそれを、ちょうどいい位置にいた太一がキャッチする。

「わたしが目を覚まさせてやる。……勝負しろ」

一瞬虚《きょ》を突かれた顔をしたが、改めて桐山はにやりと唇《くちびる》の端を持ち上げた。

どこか、暗く、黒く。

「……三橋さんがあたしに勝ったことあったっけ？」

桐山がボタンを外し、ダッフルコートを脱ぎ捨てる。

同じく、太一がそれを受け止める。

なんでこんな役回りをしているのだろう。

と、男として思わないところがない訳ではない。

「太一、合図《あいず》」

「りょ、了解しました」

二人の気迫が常人には立ち入れないレベルだ。甘んじて立会人《たちあいにん》を務《つと》めよう。

「それじゃ……、は、始め！」

太一が開始を告げ終わるその刹那《せつな》、二人は地を蹴った。

風が舞う。

地面が震える。

太一がそんな錯覚《さっかく》を感じる間に、一気に間合いが詰まる。

そこに、どんな見えないやり取りや駆《か》け引きがあったのかはわからない。

ただ、決着は一瞬だった。

三橋千夏が、桐山唯の側頭部に右足を突きつけて静止していた。

右上段蹴りの、寸止めだ。

「……こんな形で決まることって普通ないわよ？」

三橋はゆっくりと足を降ろす。

「弱い」

一言、言い捨てて。

更に続ける。

「あんた……この三年間なにしてたの？」

桐山は、愕然《がくぜん》と立ち尽くす。

「……あたしは……だって……」

涙で滲《にじ》んだ声を、吐《は》き出す。

「……だって仕方がなかったんだもん！」

それは悲痛な叫びで——。

「で？」

冷たく、三橋が返す。

桐山には色んな事情があった。桐山は悪くなんかない。

けれど、桐山が立ち止まってしまったのは事実だ。

そして場合によっては、その事実だけが、全てだ。

理由など、無に帰《き》する。

「仕方ないなら仕方ないなりの理由を言ってみなさいよ」

三橋は言うが、桐山は無言を貫《つらぬ》くことしかできない。

「結局なにも言う気ないいんじゃん。……もういい」

太一から己の服を奪い取り、三橋はその場を立ち去った。


ビルの室内に入ると、もう元に戻っていると思った永瀬と青木が、まだそれぞれ【一歳】と【十二歳】のままでいた。

「スマン、アタシが時間を勘違《かんちが》いしたらしい。本当はもう少し余裕があったみたいだ」

稲葉が謝る。珍《めずら》しいこともあったものだ。

「で、大丈夫だったのか？」

「一旦は、な。後で思いついたっていう『言い訳』教えてくれ」

「はいはい。でも目撃されても案外いけそうだったな……。あ、それは目撃者の知り合いが唯だけで、その唯に『時間退行』が起こっていなかったからか。……つーか」

稲葉は流し目を、桐山に送る。

「そこの奴はなーんで、この世の終わりみたいな顔をして落ち込んでるんだ？」

淀んだ表情の桐山は、隅《すみ》っこの席で小さくなっていた。

「まあ、それは……」

太一が口を開きかけた時、青木【十二歳】がぴょんと椅子から降りた。

「元気だしなって菜々の姉ちゃん！　……あ、そういえば、違うんだっけ、絶対そうだと思って――」

「うるっさいのよっっ！　誰なのよ西野菜々って！　あたしは桐山唯よっ！」

急に桐山が大声を出した。

「あ……その……ご、ごめん……なさい……」

直立不動《ちょくりつふどう》になってしまった青木【十二歳】が、かろうじて謝罪《しゃざい》の言葉を口にする。

「……えっ、あ、違う！」

謝られて、桐山ははっとした顔になる。

「あたしこそ……あたしこそゴメン、ゴメンね……。急に怒鳴《どな》っちゃったりして……、君はなにも悪くないのに……本当にゴメンね」

もういいよ、と青木【十二歳】が言っても、桐山はゴメンねゴメンねと謝り続ける。

なにかが、目の前で崩れ落ちようとしている。

破綻《はたん》はそこに見えている。

けれど今回現象に巻き込まれてすらいない太一は、皆の気持ちをわかってあげることさえままならない。

それに問題は当人達の中にあって、部外者が触れることのできる位置にはない。

過去が、今更変えられる訳でもない。

進むべき道は、見えない。

＋＋＋

また、子供になった自分は——青木義文は、桐山唯のことを西野菜々の姉と勘違いしていたらしい。

菜々に姉なんていないのに。

でも、姉がいるかどうか知らなかった頃の自分は、唯のことを見てすぐに菜々の親類《しんるい》を連想するようだ。

バカじゃねーのと、殴《なぐ》ってやりたくなる。

よし、自分で顔にパンチを入れてみよう。

ごつん。

痛っ。

当たり前だ。

外見が似ているのは、認めざるを得《え》ない。

つり気味の瞳。眉《まゆ》の形。輪郭《りんかく》。そして、茶色がかったロングヘアー。

瓜二《うりふた》つは言い過ぎだが、血の繋《つな》がりを疑ってしまう程度には、やっぱり似ている。

自分が西野菜々と出会ったのは、小学校三年か四年の時。

出会いはベタと言えばベタ……なのかはわからないが、ちょっと変な感じの人に絡まれて怖がっている女の子を見つけ、その子の手を引いて逃げた、とまあそういう話だ。

それで女の子を家まで送って行ってあげると、結構家が近いと判明《はんめい》し、また菜々の親もいたく自分を気に入ってくれて、たまに遊ぶようになった。

菜々といる時間はとても楽しかった。

菜々も、楽しいと思っていたみたいだ。

それからも交流が続いて、中学生になって、向こうから告白されて、付き合うことになった。

付き合うって言っても中一の恋愛だ。凄《すご》くラブラブベタベタしていた訳でもない。

普通に映画に行ったり、買い物に行ったり、遊園地に行ったりして、遊んだくらいだ。

キスだってしたことはない。手を繋ぐまでがマックスだ。

『付き合ってる』というより『友達の延長《えんちょう》』じゃない、と問われれば、まあそうだったかもな、とも思えてしまう。

でも自分はあの時、西野菜々のことが大好きだった。

昔の自分になって、昔の気持ちを思いだして、はっきりとそう感じられる。

しかし中一の終わり、菜々は親の仕事の都合で引っ越すことになった。

告白された時と同じで、また向こうから別れようと言われた。
もう、会えなくなっちゃうんだし、と。
遠くの国に行ってしまう訳ではなくても、十三歳にとって何百キロの距離は遠過ぎた。
別れたのは仕方がなかったと思う。
だって中学生の恋愛ってそういうもんじゃないか。
ガキに遠距離《えんきょり》恋愛なんてできるかよ。
そうやって青木義文初めての恋愛は終わったのだ。
好きでした。
とても好きでした。
大好きでした。
けれどその恋は終わった。
終わった――はずなのだ。
じゃあその『好きだ』という気持ちはどこに消えた？
まだ自分の中に残っている？
そして、もし、残っているとするのなら――。
今自分は、桐山唯のことが好きだ。
間違《まちが》いなく、本当に、全力で。
唯を好きな理由で、一番大きいものは、やはり……直感。

しかし直感……ってなんだ？

なぜ自分は唯じゃないとダメだと思った？

それは、もしかしたら、唯が菜々に似ていたからで——。

実は自分が好きなのはずっと西野菜々で、自分は桐山唯の先に西野菜々を見ている？

いやいや、それはない。

ない、ない。

菜々のことなんて、最近は思い出すこともなかったし。

絶対に、意識はしていない。

でも無意識にそう思っていたら——。

少し前の自分なら、「無意識とかあり得ないさ！」と笑い飛ばしていたかもしれない。

けれど今の、昔菜々を好きだった頃の胸がが——っとなる感覚と、今唯を好きな自分の胸がが——っとなる感覚が、一緒だと知ってしまった自分には、否定することができない。

確かに今この時は、唯への『好き』が強いと思う。

ずっと一緒にいるのだから。

でももし、ここに菜々がいたのなら。

自分は誰を、『好き』だと言うのだろう。

想像すらも、つかないでいる。

『好き』に形がないから。

『好き』が数値化《すうちか》できないから。

なにがどうなって『好き』になっているかわからないから。

そんな自分に、誰かを『好きだ』という権利があるのだろうか。

今の自分は、走ることも、歩くことさえもできないでいる。

疑ってしまった。迷ってしまった。立ち止まってしまった。

これから先、自分は唯を好きでいて、いいのだろうか。

唯は自分のことを——。

……ちょっとなあ、と本当にただの責任の擦《なす》り付けなんだけど、最低だと自分でも思うのだけれど、考えてしまうことがある。

それでもまだ唯が、ちゃんとこちらを向いてくれていたら、と。

大分と長い間、自分は唯に『好きだ』と言ってきた。

自分の中の『好きだ』という感情が少しでも届いてくれたらなと頑張ってきた。

ちゃんとした告白も、した。

しかも複数回。

そんな自分の『好きだ』という想い。

いったいどれくらい、唯に届いていたのだろうか。

唯の心に、どれだけ溜《た》まっているのだろうか。

そして、受け止めて貰えなかった自分の想いの行き場はどこだ？

そこら辺に落ちているのか？

朽《く》ちて消えてしまっているのか？

自分は真正面からぶつかってくれていると感じたことはない。

しかし、唯が真正面からぶつかっている。

そりゃもちろん、唯には唯なりのやり方とか考えとかがあるとは思うけれど。

だから、結局。

唯自身は、自分が唯を好きでいることを、望んでくれているのだろうか、という話で。

自分が唯を『好き』と言わなくなった時点で、この始まっているのかさえわからない青木義文と桐山唯の恋の物語は、完全に終わってしまうのだろうか、という、話で。

五章

大晦日

大晦日《おおみそか》だって関係なく現象《げんしょう》は起こるのだろう。だから仕方なく、太一《たいち》達は今日もまた廃ビルに集合する（ビルに入る前、念のため見張られていないかよく確認した）。

「……遅いっ！」

どん、と稲葉《いなば》がオフィス机を叩《たた》く。

十二時まで後五分を切っているのに、永瀬《ながせ》はまだビルに来ていなかった。

もし十二時までに永瀬がここに現れず、『時間退行《じかんたいこう》』が起こったとなると……、大変なことになってしまう。

「なーにが、『間に合うことは間に合うから』だ――」

稲葉が更に文句を垂《た》れようとした時、扉《とびら》が開いた。

「ごめんっ、遅くなったあ！」

時間ギリギリ、永瀬が部屋に飛び込んでくる。

「遅いんだよバカ野郎っ！」

「いや〜、ごめんごめん！　ほんのりちょっとトラブってた！」

明るい声で言った永瀬の髪《かみ》は乱れ、目は赤くなっていた。

「おい……、なにかあったのか？」

太一が尋《たず》ねる。

「『ほんのりちょっと』って言ったじゃん、心配は無用さ！」

その元気さは、どこか空元気《からげんき》のようにも見えた。


『時間退行』に巻き込まれたのは、稲葉と桐山《きりやま》だった。

二人の体が少し縮《ちぢ》み、顔も若干《じゃっかん》あどけなくなる（桐山の場合は髪がかなり短くなっていた。ショートカットにしていた時期らしい）。

変化の量は共に少ない方だった。見た感じだと、両者とも中学生くらいだろう。

今日も同じように始まるのか、太一がそう思った時だ。

「いやあああああああ！」

突然、『時間退行』状態の桐山が叫び声を上げた。

「なっ!?　どうしたんだ!?」

太一が近づこうとすると、「ひっ」と小さな悲鳴《ひめい》を上げて桐山が後ずさった。

「太一！　ちょっとどいてて！」

太一を押しのけて、永瀬が桐山の目前にしゃがみ込んだ。

「どうしたの、唯《ゆい》？　大丈夫？」

「お……男の人が……あたし……あたし……」

「うん、わかった。大丈夫だよ。だから落ち着いて、深呼吸しよ？」

全身をがたがたと震《ふる》わせる桐山を、永瀬がゆっくりとなだめていく。

「よしよし、恐くないからね、恐くないよ」

しばらくの間、永瀬は桐山の背中を撫《な》で続けていた。

平静《へいせい》を取り戻した桐山【十四歳】と稲葉【十四歳】を席に座らせ（先に年齢《ねんれい》だけは確認した）、太一達は離れた位置に陣取《じんど》って話し合う。

稲葉【十四歳】は黙って本を読んでいる。対する桐山【十四歳】はなにもせずただ座り、たまに太一と青木《あおき》をちらちらと盗み見ていた。まるで、怯《おび》える子猫のように。

「……いくらなんでも怯え過ぎだろ」

太一が呟《つぶや》くと、永瀬がむっと顔をしかめた。

「太一。そんな言い方、よくない」

「わ、わかってるけど。……アレだと学校にも行けてないだろ？」

「まあ確かに。……どうなんだろう、『男に襲《おそ》われかけた』直後の状態にピンポイントで『時間退行』しちゃったとか？」

「今回の現象って、そういう風になってるのか……？　まあ過去の姿になるなんて、普通じゃあり得《え》ないんだし、その中で記憶《きおく》や感情が混乱……ってこともあるかもな」

「おお、ちょっぴり稲葉んっぽいじゃん、太一」

「よせよ。照れるじゃないか」

「……そこで照れるってどういうこと？」

「ち、違うぞ！　なんか頭いいって言われたみたいな感じがしたって話で、なにか他の特別な意味がある訳でもなく……」

「うははー、焦《あせ》り過ぎだぜ太一ー」

たぶん狙ってであろう、永瀬が室内にほんのり明るい空気を送り込む。

今日最初に見た時は体調がよくなさそうに思えたのだが、そんなこともないのだろう。

「それで青木はどう思う？」

次に、永瀬はずっと黙《だま》っていた青木に話を振る。

「……へっ？　ああ、そうだな……。……どうなんだろ？」

「なんにも考えてなかったんかい！」

エセ関西弁でつっこまれる姿を見ながら、やっぱり、青木はおかしいと太一は思う。

さっきだって本来なら青木が、悲鳴を上げた桐山【十四歳】にいち早く反応してもいいはずなのに。

「……んなおどおどするなよ。気が散るだろ」

本に目を落としたまま稲葉【十四歳】が、桐山【十四歳】に話しかけた。

「え……えっと……あの……ごめん」

「ふん。なにかしないのかよ？　ぼーっとしてても時間の無駄《むだ》だろ？」

「そ、そうだね……。じゃあ……、これ、読んでみようかな……」

稲葉【十四歳】の前に積んであった本に、桐山【十四歳】が手を伸ばす（本は「ある程度年いってるアタシなら、これを読ませときゃ大人しくしてるよ」と稲葉が前もって用意していたもの）。

「いいけど。わかるの、そんな本？」

あるのは、中学生には難解《なんかい》そうな本ばかりだ。

「あ、あんまりわかんないかも……」

鼻で笑って、稲葉【十四歳】は再び読書に戻る。

桐山【十四歳】は肩身を小さくして俯《うつむ》いてしまう。

そんな二人の様子を、遠くから太一と永瀬で眺《なが》める。

ちなみに青木は、トイレを借りにコンビニまで出張中である。

「わーお……、きついなぁ、ちょっと前の稲葉ん」

「悪い子じゃ絶対ないんだけど、まあ当たりはきついよな」

「……だからって、稲葉んのこと嫌いにならないよね？」

真っ直ぐ、永瀬は太一を見つめる。

「……当たり前だろ。過去なんだし、第一、悪い子だとは思わないし」

こちらも真正面から見つめ返して答えると、永瀬はふにゃっと微笑《ほほえ》んだ。

「なら、いいんだ」

永瀬は純粋《じゅんすい》に嬉《うれ》しがっているように見えた。

毎度のことながら、本心の読めない奴だ。

いつか、もっとちゃんと永瀬のことを知ることができたらな、と思う。

「今日って大晦日なんだよねぇ。今年一年……本当に色んなことがあったよねぇ」

感慨《かんがい》深げに永瀬が呟く。

「確かに密度が濃《こ》すぎたよな。『人格入れ替わり現象』に、『欲望解放現象《よくぼうかいほう》』に……」

「じゃあさ、太一の中の『今年一番の重大事件』って、なに？」

「一番か……。一つにまとめるなら……〈ふうせんかずら〉との遭遇《そうぐう》、かな」

太一が答えると、永瀬は「えー」ともの凄《すご》く不服《ふふく》そうなしかめっ面《つら》をした。

「なんだよ、それ以外どう答えろって言うんだよ？」

「そこはさぁ……」

にまーっと永瀬は笑《え》みを作る。

「『わたし達の出会い』って答えなきゃねぇ」

穢《けが》れもなにもない、ただ純粋に輝く笑顔に、太一は息を呑《の》む。

大地に恵《めぐ》みを与える太陽のようにも、思えるほどだった。

「わ、わたし達の出会いって……。な、なかなか永瀬も大胆《だいたん》なことを言うな……」

寒い部屋のはずなのに、少し汗が出てきそうだ。

「へ？　わたし達の出会い……あ！　違う！　そ、そういう意味じゃなくて！」

永瀬がわたわたと両手を振る。

「いやっ、そういう意味もあるんだけど！　文研部員《ぶんけんぶいん》のみんなに会えたことに、みたいなっ！」

永瀬の頰《ほほ》は朱《しゅ》に染まっていた。

「おお……、だよな。なんか早とちりして、すまん……」

勘違《かんちが》いしてしまったのが恥《は》ずかしくて太一は俯いた。

が、永瀬は違う解釈《かいしゃく》をしてしまったらしい。

「ええっとでも、太一ももちろんみんなの一員だしっ！　て、ていうかその中で特に誰《だれ》かをあげるのなら太一かもって……わってってってーい！」

永瀬が凄く混乱していた。

「わ、わかったから。とりあえず、落ち着こう」

「ら、らじゃ」

ちらりと太一は稲葉【十四歳】、桐山【十四歳】の方を確認してみる。

ものの見事に二人共ぽかーんとこちらを見ていた。

太一の視線に気づくと、稲葉【十四歳】はニヒルに笑って読書に戻り、桐山【十四歳】はさっと目線を逸《そ》らした。

ううん、と咳払《せきばら》いをしてから、永瀬は「ところで」と話題を変えた。

「大晦日とお正月くらいは家族で、ってイメージがわたし的には強いんだけど、太一は今日出てきてよかったの？」

「……流石《さすが》にこの時期に、こうも毎日家を空《あ》けると風当たりが強くなるな。大掃除《おおそうじ》手伝えだとかなんだとか。一応、朝の内に手伝える範囲《はんい》は手伝って来てるけど」

特に問題なのが、最近露骨《ろこつ》に機嫌《きげん》が悪くなっている妹だ。

今日も家を出て来る時、最近外出し過ぎ、構ってくれない、宿題を手伝ってくれないと怒られてしまった（「宿題は本来自分一人でやるものだぞ」と言うと、「宿題を手伝ってくれないお兄ちゃんなんて、もうお兄ちゃんじゃない！」と言われた。まさか利便性《りべんせい》だけで兄の存在を認めていることもあるまいに。……あるまいに）。

「というか、永瀬こそ。……家にはお母さん一人じゃないのか？」

「いや、今はそうじゃ……あーいやいやそうだね、お母さん一人だね」

「え？　どっちだ？」

「いやだから、お母さん一人だよ。だからうん……悪いな、とは思ってるし……」

永瀬の表情が酷《ひど》く沈《しず》み込む。

さっきまでの明るさが、あっという間に霧散《むさん》する。

「凄く……、心配」

「……そうか。……早くこの現象が終わるといいよな」

言いながら、なんて無責任なんだと自分でも思う。

この現象の『本当のところ』を知っているというのに、自分はなにもできない。

「でも、夜には普通に帰れるんだしね。……家族水入らずで、年を越すよ」

決意を込めた瞳で、永瀬は力強く言う。

どうしてこれほど気合いを入れて言うのかと、太一は少しだけ疑問に思った。


そして五時になり、『時間退行』が終了する。

一瞬体の不調を訴えた後、稲葉【十四歳】と桐山【十四歳】が元に戻る。

「……っ！　……っと、ああ。今日アタシに起こってたか。何歳になってた？」

稲葉の問いに太一が答える。

「十四歳だ、ちなみに桐山も同じ十四歳だ。……桐山？」

桐山が寒さに凍《こご》えるかの如《ごと》く己の肩を抱いている。

栗色の長髪に半分隠れた顔は蒼白《そうはく》だった。

「大丈夫っ唯!?」

永瀬が側《そば》に行って声をかけると、桐山はかすれた声を漏らした。

「……あたし……思い出した……全部……ちゃんと……あたしは……」

震えるまま、桐山は声を押し出し続けた。

引っ込んだ。

晩ご飯を食べ終わると、また後で下に降りてくるからと言い残して、桐山唯は自室に

＋＋＋

母親が「体調悪いの？」と聞いてきたが、疲れているだけだと答えた。

続けて「夜食の年越し蕎麦《そば》はどうするの？」と尋ねられる。

それには「後で下に降りてきた時作って」と返事をした。

心配そうな顔をしていたけれど、母親は黙って見送ってくれた。

唯は自室に引っ込み、ぼすんっとベッドに倒れ込む。

今の母親は、自分に対して優し過ぎるくらいに優しい。

でも思い返せば、母親は昔、もう少し厳しかった。悪いことをした時は仕方がないにしても、わがままに対しても酷く怒られることがあった。

その頃の母親のことなんて、忘れていたけれど。

全てはあの日を境《さかい》に、変わったことだ。

色んなことを、思い出した。

ずっと見ようとしなかったこととか、ずっと忘れてようとしていたこととかも。

男に襲われかけたという恐怖も、痛い。

でもそれよりも、昔の自分を思い出すことの方が、痛い。

自分には夢があった。

とても大きくて子供じみた、バカみたいな夢だ。

その夢のこと自体を忘れていた、なんて言ったら大嘘《おおうそ》になる。

忘れていた訳じゃない。でも蓋《ふた》を被《かぶ》せて見ないようにしていた。そして気づけば、その蓋にもほこりがかかっていた。

『時間退行』が起こり、蓋など被せられず燦然《さんぜん》と輝いていた頃のそれを見せつけられても、目を逸らそうとし続けていた。

でも、もう誤魔化《ごまか》せない。

――あたしは一番になるんだ。

ただ無邪気《むじゃき》にそう願い、そうなれると信じ、自分は空手《からて》に向かっていた。

一番てなんだよ、とつっこみたくなる。

それはなにかの大会でという意味か、それとも日本でという意味か、それとも世界という意味か、男女の垣根《かきね》も越えてという意味か。

そんなこと、昔の自分は考えていなかった。

限界なんて、どこにも存在しなかったのだ。

一番は、一番。

ただただ前を見て、進み続けていた。

あの頃の自分は、『強かった』。

別に、肉体的にとか技術的にとかそういう意味じゃない。

もっと広く大きな意味で、『強かった』し、自分の足で突き進んでいた。

負けることはあった。けれど負けたら負けたままでいなかった。転《こ》ければすぐに起き上がった。がむしゃらに立ち向かった。何度でも立ち向かった。

でも今の自分は、弱い。

あのことがあって、立ち止まった自分は、もう一人じゃ歩んでいけないくらいに弱くなってしまった。転べば一人で立ち上がれない。

今の自分にはなにがあって、なにができるのだろうか。

なにも、ない。

桐山唯には持っているものも、できることも、ない。

みんなは自分に、恵みを与えてくれる。

でも自分がみんなに返せるものなんてない。

約束があった。

いつも地元の大会の決勝でぶつかって、常に自分が一番になって、ずっと二番に甘んじて死ぬほど悔《くや》しそうにしていた、三橋千夏《みはしちなつ》という名の少女と結んだ約束だ。

自分がやっている空手には、中学生の部の全国大会がない。だから三橋が引っ越すことになると、必然的に二人が試合をすることはなくなってしまう。

引っ越しの直前、大会で顔を合わせてもほとんど自分に話しかけてこなかったはずの三橋が、真っ赤な顔で声をかけてきた。

――高校生になったら、全国で勝負しよう。次は負けないから。

自分のことを嫌っていると思った三橋が案外そうでもないみたいで、『全国で勝負しよう』なんて自分が凄く認められているようで、とても嬉しかった。

だから自分は約束をした。

絶対に、絶対に、約束を果たすからと何度も誓《ちか》った。

そんな、たぶんずっと三橋が大切にしてくれていたのであろう約束を、自分は守ることもできない。

あまつさえ、覚えてすらいなかった。

夢を投げ出して。

全てを過去に置き去りにして。

周囲に守られて、ふらふら流れるようにして生きてきて。

自分を好きだと肯定《こうてい》してくれていたはずの人も、好きだと言ってくれなくなって。

この世の誰が、自分の価値を認めてくれるというのだ。

誰も、認めてくれない。

自分に価値なんてない。

なんの意味もないモブキャラだ。

いつだって代替《だいたい》が利《き》いてしまう。
そう、代替。
自分は青木にとって西野《にしの》菜々《なな》の——。
だけど、その他大勢でいったいなにが悪いのだ。
自分は大した人間じゃない。
大した人間が、この世にはどれだけいるというのだ。
自分はそんな大した人間とは決定的に違う。
努力したってどうにもならない。
仕方がないのだ。
頑張ったってできないのだ。
だから、自分に無理のない範囲《はんい》でそれなりにやっている。
やってるでしょ?
本当に嫌になる。
嫌になるくらい——空《むな》しい。
空っぽだ。
桐山唯という人間は空っぽだ。
空っぽなのに、一丁前に涙だけは流れた。

六章　さようなら

年が明けて、新しい一年がやってくる。

普通に暮らす人々にとって重要な節目《ふしめ》。でも、奴らには全く関係ないようだ。

元日《がんじつ》にも永瀬《ながせ》、桐山《きりやま》、青木《あおき》に対して『時間退行《じかんたいこう》』が発生した。

しかし、いくら異常な世界に引き込まれているからと言って、それに合わせていつものことをねじ曲げていては奴らに屈《くっ》しているようで嫌だ。……などと稲葉《いなば》が主張するので初詣《はつもうで》には行ってみたが結果は散々だった。

「一年の始まりがこれって……アタシ達今年どうなるんだ……？」

神社から廃ビルへの帰り道、太一《たいち》の横で稲葉が呟《つぶや》く。

「なんか俺《おれ》も一気に肉体的疲労と精神的疲労が……」

ついこの間にも対象人数が三人の『時間退行』、更には太一以外の全員が『時間退行』する（全員年齢《ねんれい》が高めだったのでマシではあった）、ということもあったせいか疲れが溜《た》まり気味だ。

これほど気分の晴れない元日は初めての気がする。

そんな一日が今年一年を暗示《あんじ》している、などということがまさかないようにと、太一は真剣《しんけん》に願った。

□■□■□

翌朝《よくあさ》、太一が家を出ようとすると、妹が階段を降りてくる気配《けはい》（足音の軽さでなんとなくわかる）がした。

今日も出ていくのか、となじられると思い、覚悟《かくご》してから太一は振り返る。

しかし、持つべき覚悟は別の方だった。

現実から遊離《ゆうり》して佇《たたず》む存在。

妹に乗り移った、〈二番目〉がそこにいる。

「……久しぶり？」

一刹那《ひとせつな》呼吸するのを忘れた。

なぜ、ここで現れる。

なぜ、再び妹に。

「大変？」

「……大変だよ。……大変だからもうやめてくれよ」

全員、家族に対する言い訳が苦しくなってき始めている。

ストレスの蓄積《ちくせき》が無視できなくなり始めている。

これ以上続けられると、どんな危険な事態に陥《おちい》るか予想できない。

もう、取り返しのつかないことは、起こってしまっているのかもしれないけれど。

「やめない。わかってないから」

そこで〈二番目〉は一旦ぴたりと静止する。

「……でもばれた。もう終わる？　でも後少し……」

「終わる？」

終わってくれるのか。こちらには願ってもないことだ。

「なあおい……もう終わらせるつもりなのかよ？　……〈二番目〉」

「……つもりかも」

〈二番目〉の淡泊《たんぱく》なもの言いに、太一は拍子《ひょうし》抜《ぬ》けしてしまう。

気まぐれにもほどがある。

「もう少しでなにか起こる？　それでわかる？」

なにが、わかるというのか。

「でも……、大変大変」

「そりゃ大変だけど……お前はいったいなにを指して『大変』と言ってるんだ?」

「……心を見ていると、わかる。大変大変。君は気づいてないけれど?」

「気づいてない……」

そりゃみんなの心が揺れ動いているのは知っているし、桐山と青木の関係にヒビが入っていることもわかってはいるが。

青木の熱烈《ねつれつ》アプローチの甲斐《かい》あって、だんだんいい雰囲気《ふんいき》になりつつあったあの二人に亀裂《きれつ》ができたのは、見ている方も心苦しかった。なんとかしてやりたいと思っている。

でも結局は、二人がどう考えてどう行動するかの問題だ。

もちろん桐山と青木の二人には、おかしなことになっているのだから気にすることはない、などと取り繕《つくろ》ってみてはいるが。

「大変……、大変……」

〈二番目〉の唇《くちびる》が、ほんのわずか持ち上がる。

冬の寒さとはまた別種の寒さが太一の全身を襲《おそ》った。

欠片《かけら》ほどの微笑《びしょう》を残し、〈二番目〉はまた唐突《とうとつ》に消えた。

□■□■□

駅を降りたところで桐山と青木に出会った。

太一を真ん中にして三人で、目的地まで歩くことになる。

会話はあるのだが、桐山と青木が直接喋《しゃべ》ろうとしない。

太一自身話を回すのが上手《うま》い方ではないし、妙な気まずさも手伝って、会話は盛り上がらなかった。

そしていつもの廃ビルがある、整理中区画《くかく》に到着《とうちゃく》しようかという時だ。

もうお馴染《なじ》みになった人物が、正面から歩いてきた。

ポニーテールが目印の、凛《りん》とした佇まいの少女、三橋千夏《みはしちなつ》だ。

「また、今日もここにくるのね」

数メートル先で立ち止まった三橋が言う。

「しかもメンバーが替わってるし、でも……その男の子はいつもいるわよね。やっぱり付き合ってるの？」

「……付き合って、ないから」

桐山の声は、低く小さかった。

一瞬、三橋が戸惑《とまど》いの表情を見せる。

「誰《だれ》？」と青木が聞いてきたので、太一は「桐山の昔の知り合い。この前も会ったって、少し話してやっただろ」と教えてあげた。

「ま、まあいいけど。ところで、やっぱりちゃんと、なんで空手《からて》をやめたのか教えてくれない？　それだけは聞いておかないと……有耶無耶《うやむや》になってるの気持ち悪くって」

過去に会った時よりも、三橋は冷静であるように見えた。

友好的《ゆうこうてき》に話そうとしている節もある。

やっと、まともな話し合いになるんじゃないかと太一は思った。

しかし。

「……別に、三橋さんにはもう関係ないじゃない」

そっぽを向いて、桐山は淡々《たんたん》と言う。

「な、なにその態度……」

「なにって……普通だと思うけど」

「わたしはただ聞いてるだけじゃない？」

「しつこい」

桐山が、三橋のことをぶった切る。

「き、桐山が答えないから……」

「……もうあたしは空手やめてるんだから、それでいいじゃない」

「でも約束がっ」

「約束、約束って。そんな昔の話……持ち出さないでよ」

そのセリフに、三橋が酷《ひど》く傷ついているのがありありと見て取れた。

桐山は俯《うつむ》き加減で、無表情を貫《つらぬ》いている。

「ちょっと、さ。あんまり事情を知らないオレが言うのもなんだけど」

思いもよらぬことに、青木が口を挟んだ。

「唯《ゆい》は……もう少し相手の子の話に、真面目に向かい合ってあげた方がいい、かな」

桐山の様子を窺《うかが》いつつ、でもはっきりと指摘《してき》した。

少しの間、桐山は言葉を失った。

「な、なによ……。あんたに言われる筋合い、ないんだけど……？」

徐々《じょじょ》に、桐山の顔が怒りの赤に染まっていく。

「や、でもちゃんと相手の気持ちに向かい合ってあげないと――」

「あんたみたいにふらふらしてる適当男《てきとう》にそんなこと言われたくないっ！」

桐山は噛《か》みつくような叫び声を上げた。

「適当って……唯だけには言われたくねえよ」

むっとした様子で青木は表情を強張《こわば》らせる。

「なんで……なんでそんな言い方できるのよ⁉」

「そりゃ、そうだろ」

「あんたなんて……あんたなんて……昔の女にあたしを重ねて好きだと言ってくるような適当男のくせに！」

叫《さけ》んだ後、桐山は自分で発した言葉に傷ついたようだった。

泣きそうな、顔になる。

同様に青木も、苦痛に歪《ゆが》んだ表情を浮かべた。

しかし今にも泣きそうなのに、桐山は止まらない。

「ちゃんとしろよ……ちゃんとっ！」

「オレはオレで、……ちゃんとしてるって」

「絶対してない！」

「してるって」

熱に浮かされたように、二人のヒートアップは止まらない。

「どうせなんにも考えてないんでしょ!?　全部適当に済ませてるんでしょ!?　なんだって全然真剣じゃないんでしょ!?」

「さっきから適当適当っていい加減にしろよっ！　唯の方が真剣じゃないだろ！」

「どういう意味よ!?」

「なんに対しても真正面から取り合ってないだろ！　今だって、いつだってそうだ！」

「そんなこと……ないもん……！」

「じゃあなにをちゃんとやったか言ってみろよ!?」

「だって……あたしは……だって」

「『だって』とか『でも』は要《い》らないんだよっ！」

「あたしは……あたしはっ……仕方なくて……」

「本当に仕方なかったのかよ!?」

「あ……でも……」

「勝手に諦《あきら》めて言い訳ばっかしてるのは唯じゃねえのかよ!?」

「あたしは……」

続く言葉を紡《つむ》げずに、桐山は顔を覆《おお》った。

機《き》を逸《いっ》したにもほどがあるけれど、太一が二人の間に入る。

「と、とりあえず落ち着けよ、青木。……桐山も、大丈夫か？」

青木は「ごめん」と誰に向かってでもなく言い、廃ビルの方に一人で向かっていった。

ふと、太一と三橋の目が合う。

「えっと……」

所在なげに視線を彷徨《さまよ》わせた後、三橋がくるりと後ろを向く。

「取り込んでるみたいだから……」

言い残して、三橋はその場を離れていった。

なんと声をかけていいかわからず、太一はその寂《さび》しそうな背を見送ることしかできなかった。

桐山の、すすり泣く声が聞こえてくる。

「桐山、泣くなよ……」

言いながら、太一は手を伸ばそうとして——その手を下ろした。

桐山は、男に触《さわ》られると拒否《きょひ》反応が出てしまう。

その太一の動作に気づいたのかどうかはわからない。

けれど、次の瞬間、桐山はがくりと崩《くず》れ落ちた。

声も出せず、涙を拭《ぬぐ》う。

「お、おい、桐山……」

こんなにも、二人が傷ついている、傷つけ合っている。

太一も、体が引き裂かれそうなほど苦しい、なんとかしたい。

でも二人の傷を癒《いや》し、もう傷つけ合わないようにするための手段を、太一は持ち合わせていない。

なにも、できない。


終わるつもりだ、などと言っていた割りには、その日も『時間退行』は普通に起こった。

永瀬は【六歳】に、同じく稲葉も【六歳】に、そして青木は【十四歳】になった。

過去の姿になってすぐ、青木【十四歳】は桐山に向かって声をかけた。

「もしかして……西野菜々《にしのなな》さんの親戚《しんせき》とかなにかじゃ……？」

問いかけられた瞬間《しゅんかん》、太一は、桐山がぽっきりと折れてしまうのではないかと思った。

しかし桐山は、ぐっとなにかに堪《た》えるように胸倉《むなぐら》を右手で掴《つか》んで、歯を食いしばった。

「……違います。あたしは……、桐山唯です」

涙声で、でも涙を流さず桐山は答えた。

「あ、すいません。桐山さんっすね。りょーかいです」

青木【十四歳】はへらっと笑った。

永瀬【六歳】と稲葉【六歳】は、言われたことを守る、聞き分けのいい子達だった。見ている方も負担《ふたん》を感じなくていい。今は青木【十四歳】に任せているくらいだ。

青木【十四歳】も軽そうな調子ではあるが、しっかりと六歳児二人の面倒を見てあげていた。

「この頃の青木は、もう既《すで》に今と同じ感じっぽいよな……」

ぼそりと太一は独り言を呟き、隣《となり》にいる桐山に聞こえては不味《まず》いかと口をつぐんだ。

「ねえ、太一」

「お、おお」

物憂《ものう》げな瞳《ひとみ》で、桐山は太一を見つめる。

「あたしが……太一のことを好きって言ったらどうする？」

一瞬、頭が真っ白になった。

「……お、おおう!?　なんだ、どういう意味だ？」

「好きです、太一」

「凄《すご》く待て！　凄く待ってくれ！　そ、それは凄く大変なことになるぞ!?」

なにをどうすればいいかわからない。

と、桐山が太一から顔を背ける。栗色の長髪に隠れて、表情がよく見えなくなる。

「……なんていう風に、誰かから好きって言って貰《もら》っていた人がいるとするわよね」

なんだ、たとえ話か。びっくりさせないで欲しい。

――そして、この話は。

「初めに好きって言ってた方の人が好きって言わなくなったら、その好きって言って貰っていた方の人は、どうすればいいんだろうね」

さばさばとした、言葉の置き方だった。

太一はどう答えようか迷い。でもやっぱりこう返すしかないと思う。

「その人が……どうしたいかじゃないか？」

だよね、と零《こぼ》し、それきり桐山は喋らなくなった。


五時になり、変化していた永瀬達が元に戻る。

女子陣の着替えが終わると、「今日は早く帰らなきゃならないから」と桐山はすぐ部屋を出ていってしまった。

『時間退行現象』が終わった室内は、いつになく重苦しい。

普段より何割か増しに、部屋が視覚的にも暗く感じられる。

「……なにがあった？　朝は聞きそびれたんだが」

太一に向かって稲葉が聞く。

「朝ここに来る途中でまた三橋さんに会ったんだけど、その流れで青木と桐山が言い合いしちゃって……」

「結構《けっこう》、激しかった？」

ひょこひょこと寄ってきた永瀬が尋ねる。

「ああ、桐山は泣いちゃったし……」

そう、と呟き永瀬は眉尻《まゆじり》を下げた。

「……言っても痴話《ちわ》喧嘩《げんか》みたいなもんだからな。だいたい、ずっと無理矢理驀進《ばくしん》していた青木に止まられると……」

稲葉の言葉を、途中で永瀬が引き継《つ》ぐ。

「……どうしようもないもんね」

青木は、腕《うで》を枕《まくら》にして机に突《つ》っ伏《ぷ》している。

桐山と青木の溝《みぞ》は、広がり続けている。

もしかして、このまま溝が一生埋まらないなんてことも、あり得《え》るのだろうか。

せっかく心が近づきかけていたのに。

もう少しで繋《つな》がるんじゃないかと、傍《はた》から見ていても感じていたのに。

こんな現象《げんしょう》が起こらなければ、違う未来が訪《おとず》れていたのだろうか。

それともこの結末が、二人にとっての運命だったのだろうか。

ただ単純に、それは嫌だと太一は思った。

部外者が首を突っ込むなんてお節介《せっかい》だし、筋違いなのかもしれないけれど、太一はそう思ってしまった。

ずっと側《そば》で見てきたから。

どれだけ青木が桐山を好きだったか知っているから。

不完全燃焼《ふかんぜんねんしょう》で尻すぼみに終わるなんて、認めたくない。

黙《だま》っているよりは言ってみよう。それでどうなるかだ。

それに、一人で悩んでいると泥沼にはまってしまうことがあっても、周りに言って貰えると案外簡単に解決してしまう。そんな場合があることを、自分は、経験している。

太一は青木に近づいていく。

「おい……、太一。それは……あいつらの問題じゃないか？」

稲葉が、太一に声をかけてくる。

確かに二人の問題なのだけれど。

それは自分も思ったことなのだけれど。

「でも、俺達仲間だろ？」

どこまで踏み込むのが正しいかわからないけれど。

太一は、青木の前に立つ。

「……青木、これでいいのか？」

青木は、突っ伏したままだ。

「俺が言うのもお門違いかもしれないけど、なんか……お前らしくないぞ」

「……どういうのが、オレらしいんだよ？」

くぐもった声が返ってきた。

「どういうのって……それは……もっと一直線に進む感じがお前らしいというか……」

「一直線……」

「青木は、唯のことを好きじゃなくなったの？」

ど真ん中の核心《かくしん》を、永瀬が突く。

目が合うと、永瀬は太一に穏《おだ》やかな笑《え》みを投げかけた。

自分と永瀬の気持ちは同じだと、伝わった。

「そうじゃないけど……。なんかよくわかんなくて……」

「わかんないって、青木……」

永瀬が眉をひそめる。

「今……記憶《きおく》が混乱してて……。なんか……大事なことが思い出せそうな気がするんだけど……」

すると次に、あーあ、と溜息《ためいき》をついて稲葉が近づいてきた。

「アタシはもうさ……、人の色恋沙汰《ざた》に手を出すのは、やめようと思ってたんだ。前にそれで失敗してるし。バカ野郎って怒られたし」

頭を掻《か》きながら、稲葉はちらりと永瀬に目をやった。

「だからあんまり大したことは言わないでおくけど、お前は少し……『考え過ぎ』だ。そんな風に思う」

「……考え過ぎ?」

青木は、ぴくりと体を動かしただけだ。

「か、考え過ぎって、理屈《りくつ》理屈で、青木をバカだなんだと非難《ひなん》してばかりの稲葉んが、そんな言い方するなんて……!」

「んな驚くなよ、伊織《いおり》。アタシだって、変わるさ。もう……恋の力を知ってるからな」

言って、稲葉は恋する乙女《おとめ》の表情を浮かべる。

思わず、見惚《みほ》れてしまう微笑《ほほえ》みだった。

「い、稲葉んそういうさり気ないのズルイよ!」

「ズルくねえよ! お前の『なんか心通じ合ってます』系の方がズルいんだよ!」

……こんな場面に遭遇《そうぐう》した時、いったいどうするのが正解なのだろうか。太一の人生マニュアルには答えが載《の》っていない。一度渡瀬《わたせ》辺りに教えを請《こ》う方がいいかもしれない。

「……みんな……オレにどうして欲しいの?」

青木の問いに、皆は答えを提示することができない。

「それは……、お前が決めることだろう?」

稲葉が言った。

「とにかく……、お前がうじうじしてるのは似合わねえよ」

「そだね。青木はもっとがむしゃらの全力疾走《ぜんりょくしっそう》がいいんじゃないの？」

「変な言い方だけど、お前の能天気なところ、結構いいと思うぞ？」

稲葉が、永瀬が、太一が口々に言った。

「うじうじ……全力疾走……能天気……………あっ！」

急に、青木が顔をがばりと上げた。

「……オレ……能天気でいること忘れてたっ！」

「……そういうのって忘れたりするものなのか？」

ぼそりと太一は呟いた。

「そうなんだよ……オレ、なんでこんなに悩んでたんだ……。違うだろ……あの時決めた……ずっとそうしてきた……」

と、今度は勢いをつけて青木が立ち上がる。

「オレ、M県に行くわ」

「「は？」」

突然の宣言《せんげん》に、他の三人は戸惑う。

「だから、M県に行くわ、今から」

「いや、待て。なんでそんな結論になるんだ。しかも今からってなんだよ？」

太一が尋ねる。

「西野菜々に、会ってくる」

一直線な瞳だった。

迷いは、見えなかった。

「おい、なに勝手なことを言ってるんだよ。ここからM県って、今日中に行って帰ってこれねえぞ」

稲葉が指摘する。

「ん、だから今日行って、明日帰ってくる」

「なにで行くつもりか知らんが年始は混んでるぞ？　なによりもし次の日の十二時までに帰ってこられなければ……」

町の中でもし、『時間退行』が起こってしまったなら、冗談では済まされない。

「わかってるけど。……でもオレは、行かなくちゃ」

折れる気なんて微塵《みじん》も感じられない。

真っ直ぐに、どこまでも真っ直ぐに。

「ちっ……。おい、太一。お前きっかけでたきつけたんだから責任を持って消火……」

「頼む、稲葉。行かせてやって欲しい」

「お前もそこで止まる玉じゃなかったよな！」

バカげているかもしれないけれど、やらせてあげたいと思う。

それが、青木の出した答えならば。

「オレは……もうこうすることでしか進めないんだよ。だから頼む、稲葉っちゃん」

「確かに新幹線《しんかんせん》を使えば、M県からここまでは問題ないが、その他の時間も入ってくると余裕《よゆう》がある訳でも……」

稲葉が渋《しぶ》っていると、永瀬が口を挟んだ。

「青木はなんで、その西野菜々さんに会おうとするの？」

永瀬はいつも、この上ないほどの核心を打ち抜こうとする。

「自分の恋を、確かめるために」

それは、とても神聖《しんせい》な宣誓《せんせい》に聞こえた。

「え、なにこのちょっと青木が男前に見える不思議《ふしぎ》……？　……恐っ」

「そんな怪奇現象《かいきげんしょう》みたいに言わないでよ伊織ちゃん⁉」

「とにかく……、稲葉ん。これは……、恋の力を知ってしまった稲葉んに止めることはできないんじゃないかな？」

「ぬっ……。仕方な……でも……」

仕方ないかと言いかけて、やっぱり稲葉は渋る。

「なんでですか稲葉っちゃん？」

「もしその結末が……アタシらの望むものと違ったら……、どうするつもりだよ？」

ピン、と空気が張り詰めた。

太一が、考えもしなかった未来だ。

「それとも、その結末はアタシらが望むものだと……決まっているのか？」

そんなことにはならないと青木は断言してくれるはず――。

「どうなるかは、わからない。それを確かめに、行くんだから」

覚悟を決めた、全てを受け入れた、顔だった。

「でも、みんなが望まない結末になっても、たとえそれによって……」

迷いなく言葉を紡いでいた青木が、初めて逡巡《しゅんじゅん》を見せる。

目を瞑《つぶ》って、大きな息を吐《は》く。

唇《くちびる》の端が震《ふる》えていた。

「たとえそれによって……オレがこの文研部《ぶんけんぶ》を去ることになったとしても……オレはオレを貫く」

最後は、凛々《りり》しく雄々《おお》しく。

「それがオレの、生き方だから」

不覚にも、鳥肌《とりはだ》が立った。

自分は、いつ、青木に追いつくことができるのだろうと思った。

稲葉が口を開く。

「はは……すげぇよお前。もう誰が……お前を止められるって言うんだよ」

「ならオッケーってことですか、稲葉っちゃん!?」

ああそうだよ、と稲葉は溜息をついた。

「ただし、最悪の事態に備えて、太一、『時間退行』が起こらない……とほぼ確定しているらしいお前がついていけ」

「……わかった、任された」

ずっと滞留《たいりゅう》していたなにかが動き出す。

はっきりとその気配がした。

自分がそれを導《みちび》いた、そんなうぬぼれたことを言うつもりは欠片《かけら》ほどもない。

けれど、青木が進むことを、少しでも自分が手伝えていたのなら、とても嬉《うれ》しい。

一人じゃできないことも、誰かがほんの少し背中を押せば、簡単になることがある。

だから人は誰かと共に歩もうとする。

「おっしゃー！　そうと決まったら行くぜー！　止まらないぜー！　走れっ太一！」

「ま、待てよ。……あれ、そういえばそこに行くまでのお金は……」

「なんとかしろよ、太一」と稲葉。

「なんとかなるよ、太一」と永瀬。

「そこんとこはシビアでドライなんだなっ！」

くそう、青木は別としても、自分の分は割《わ》り勘《かん》してくれたっていいのに。貯金から払えなくはないが。

……それよりも泊まりになる言い訳を家族にどうしようか。

「忘れもんだよっ、青木」

「あ、しまった。さんきゅ、伊織ちゃん」

永瀬が荷物を放って、青木がそれをキャッチする。

先に太一が扉《とびら》を開いて外に出る。

と、廊下《ろうか》の先。

階段へと消える栗色の長髪が、ちらりと見えた気がした。


乗り込んだ新幹線の中で、青木が昔話を始める。

「中二の時、クラスメイトの女の子が死んだんだ。交通事故で」

「そうか……。青木はあの中学だったっけ……」

詳しく知っている訳ではないが、話だけなら聞いたことがある。

「特にその子となにかあった訳じゃないけど、身近な人だったから結構ショックでさ。人間ていつ死ぬかわかんねえんだなーと思ったよ」

青木は窓の外に目を向ける。

夜空には厚い雲が張り出して、暗い空を更に重く低くしていた。

「その子はさ、結構早い内から塾にも行って、受験のために凄く頑張ってたんだ。でもそんな将来に備《そな》えたってさ、死んじゃったらなんの意味もないじゃん、て」

当たり前だけど、無駄《むだ》な努力ってバカにしてる訳じゃないよ、と青木は付け足した。

「とにかくさ、将来のためになにかをするってことも大事だけど、今を楽しむってことも大事だなーと思った訳だ」

確かに、その気持ちはわかる。

「だから、オレは常に人生をマックスに楽しんで生きることにしたんだ。そうすればいつ死んでも、最高の人生だろ？　長く生きられれば、それこそ人よりハッピー過ぎる人生になるじゃん？」

「それが……青木の生き方か？」

「そう、オレの生き方。正しいかどうかなんてわからないけど、少なくともオレは正しいと思って、ずっとそうしようとしてる」

生き方なんてもの、太一はちゃんと考えたこともない。

「とにかくそのためには、全力でいなきゃな。それを忘れちゃ、ダメだわな」

はい、真面目《まじめ》な話しゅーりょーと子供のように言った青木は、太一の友人の中で、誰よりも大人に見えた。


新幹線を下車し、ネットで調べた情報を元に電車を乗り継ぐ。最後はタクシーを使って目的地周辺まで辿《たど》り着いた。

住宅街を車でうろうろするよりはと思って、最後は歩くことにする。

時刻は十時半になろうとしていた。

「ていうか寒っ！　北上するとこんなに寒くなるのか!?」

ガチガチと歯を鳴らしながら青木が叫んだ。

「下手すると凍死《とうし》しそうだから……。とりあえず早く行こう……マジで」

身を切るような寒さとは、よく言ったものである。

年賀状に書いてある住所を頼《たよ》りに、比較的新しくて大きな家の多い、閑静《かんせい》な住宅街を二人は歩く。

「つーか……なんで連絡先知らないんだよ？」

「いや、あの頃携帯電話《けいたいでんわ》を持つギリギリ前だったからさ。特に引越し先の電話番号も教えて貰ってないし」

「ああ……、なるほど」

相づちを打ちながら、太一は体をぶるっと震わせた。

と、太一は、明かりの漏《も》れていない家がちらほらあることに気づく。

まだ寝るには少し早いかな、という時間帯なのに……。

待て、この時節《じせつ》は。

「……お、おい、青木。西野さんのご両親の実家ってここか？」

「いや、違うかったはずだけど」

「じゃあ……正月だしそこに帰っているという可能性は……？」

「……あ」

外気の寒さとは関係のない別の意味で、寒気がした。

「ま、まあ大丈夫っしょ！　根拠《こんきょ》はないけど！」

「……ポジティブなのはいいけど、いつか絶対痛い目見るぞ？」

能天気であればいいというものでもない。

「んなことより、もうそろそろ……ここら辺だと思うんだけどなぁ……」

「ん？　そういえば会って……、青木はどうするつもりなんだ？　俺はどういう立ち振る舞いをすれば――」

青木が急に立ち止まった。

思わず、太一も口を閉じる。

でき過ぎだろうと、思った。

それこそ、運命のように。

二階建て洋風造りの家の前に止まった、黒のセダン。

その車から、白のロングダウンコートを着た女の子が降りてくる。

キリッとした眉に少しつり気味の大きな目。

しっとりとした栗色の髪《かみ》が鮮《あざ》やかで、見る者の目を引きつける。

目鼻立ちは、確かに桐山によく似ている。

髪型はショートカット、体は桐山よりいくらか大きい。

こちらに気づいた女の子が一瞬目を細め、次に大きく見開いた。

一旦車内に頭を戻し、なにかを告げてから、こちらの方に駆《か》けてくる。

「よ、義文《よしふみ》……」

小鳥のさえずりのような澄《す》んだ声だった。

邪魔《じゃま》になる気がして、太一は数歩後ろに下がった。

雪がちらつき始めていた。

「どうして……こんなところにいるの？　びっくり、したんだけど」

戸惑った様子で女の子は——西野菜々は、太一にも目をやる。

「ゴメン、急に。でも、どうしても会いたくなって」

「え？　それって……」

「菜々」

「は、はい……」


「オレ菜々のこと大好きだった。それで、今はもっと大好きな人ができたんだ」


はらりはらりと落ちる雪が、地上に溶《と》け残っていた雪に積み重なっていく。

降り積もる雪の音が聞こえるかと思うほどの、静寂《せいじゃく》があった。

「そっか」

やがて、西野は短く呟いて、笑った。

切《せつ》なそうで、でもとても嬉しそうな微笑だ。

「……ゴメン。いきなり来て、勝手に変なこと言って……」

「ううん、いいの。会いに来てくれて、ありがとう」

それから二人は、しばらく黙った。

なにを喋ればいいのかわからないようにも、なにも喋らなくていいと思っているようにも見えた。

もう一度、西野の瞳が太一の方に動く。

ひとまずお互いに会釈《えしゃく》をした。

「で、そっちの彼は？　え……まさか……義文の新しい好きな人ってこの男の……！」

「んな訳ないじゃん！」「んな訳あるか！」

しまった、赤の他人なのに、思わず青木と声を合わせてつっこんでしまった。

「あはは、だよね。まあ、それはそうと、これからどうするの？　寒いし、とりあえず家にあがる？」

「や、それは遠慮《えんりょ》しとくよ。もう帰らなきゃならないし」

帰りの夜行バスを予約している訳でもなかったが、青木はそう言った。

「じゃあ……」

「この髪さ」

西野は、栗色の髪にさらさらと指を通した。

その指が、髪のない肩の辺りをなぞる。

「去年の暮れに、切ったんだ」

強い風が吹いて、西野の短髪が乱れる。

絵にして切り取っておきたくなるような、とても美しい一瞬だった。

「そっか」

青木は短く返事をして、ぐしゃぐしゃと頭を掻いた。

「おーし、じゃあそろそろ行くかな。また今度会った時は、もっとちゃんと思い出話をしようぜ」

明るく言った青木に、西野もうんと頷《うなず》いた。

青木がくるりと振り返る。

「うっし、帰ろうぜ、太一」

「もういいのか？」

「いいんだって」

青木が太一を通り越してさっさと歩いていく。慌《あわ》てて太一も横に並んだ。

「さようなら」

後ろから聞こえてきた囁《ささや》きに、青木は片手を挙《あ》げるだけで応《こた》えた。

振り返ろうとは、しなかった。

＋＋＋

さくさくと、時折残った雪を踏みならしながら青木義文は歩く。

隣を歩くのは八重樫《やえがし》太一。

自分のバカみたいなわがままに付き合ってくれるとてもいい奴だ。

「よし、急がないとマズいし走るか、太一」

「は？」

太一が、きょとーんとした顔をする。

「ダッシュだ！　置いてくぞ！」

「ど、どこ行くんだよ⁉　まずさっき運転手に番号を教えて貰ったタクシー会社に電話して……って真剣に待て！」

背後で叫ぶ太一の声を無視して青木は走り出した。

いい奴なので、文句を言いながらもどうせ追いかけてきてくれるはずだ。

だから、青木は後ろになんの不安も抱かずに走る。

どうして今まで迷っていたんだろう。

青木は思う。

こんなに単純なことに、どうして気づかなかったんだろう。

『好き』は『好き』であって『好き』でしかない。
それでいいじゃん、それが全てじゃん。
考えたってどうにもならない。
第一考えるものですらない、『恋』とは感じるものなのだ。
理屈じゃない、理由じゃない、論理じゃない、理論じゃない。
そんなもんでわかるのなら、誰も『恋』に悩まない。
感じることしかできないから、それを全力で感じなければならない。
感じたことを、信じなければならない。
どうして感覚を疑った？
こんなにも自分の中で熱く主張する『好きだ』という気持ちを。
疑って、立ち止まって、頭を使って。
そんなことをして自分の感覚を味わえるか？
味わえる人は、それはそれですげえなあと思う。
自分にはできない。
自分は、全力で走って全力で感じようとしなければ、自分の感覚がわからなくなる。
とにかく、今の世の中には煩《わずら》わしいことが多過ぎる。
ぐちゃぐちゃと、体にまとわりついて仕方がない。
べたべたと、己に装備品をつけなければならないこともやたらと多い。

そんなもんで体が覆われてしまえば、なにも感じられなくなってしまうじゃないか。
上手く感じられないからって、周りの刺激を強くして。
そんなことをしたら余計に自分の感覚が鈍《にぶ》るじゃないか。
鈍ってなにも、わからなくなる。
人工的な麻薬《まやく》じみた感覚に溺《おぼ》れるしかなくなって、大事ななにかが見えなくなる。
そんな人生、どうにもこうにもつまらない。
人生で最も素晴《すば》らしいことは、もっと簡単で、もっと単純なはずなのだ。
それがあればそれだけでいい。
そう思えてしまうものが、この世にはある。
あるのだと自分は、信じている。
だからもっと自分は全力で走らなければならない。
できないのを人のせいにするな。
人のせいにすればもう走らなくていいと言い訳できてしまう。
それじゃダメだ。
届かない想いがあるのならば、届くまでずっと叫べばいいじゃないか。
なんて単純。
バカみたいに単純。
そう、もっとバカにならなければならないのだ。

もっとガキでいいのだ。

ガキは大切なことを知っている。

ガキの頃の自分に戻ってそう思った。

もちろん、ガキのままでいてはいけない。色んな部分で大人にならなければならない。

でもたぶん、人は大人になる時に、ガキのままでいいところまで、大人になってしまうのだ。

なんだかそこら中の人に尋ねてみたい気分だ。

どうやって生きてるんだ？

もっと頭空《から》っぽにして楽しんでもいいんじゃないのか？

人生ってそういうものだろ？

どんな答えが返ってくるのだろうか。

まあ、どんな答えでもいいか。

どうせたった一つの正解なんてないんだろうし。

タクシーの運転手に連れて行って貰《もら》ったビジネスホテルに一泊し、翌朝《よくあさ》、なるべく早めの新幹線《しんかんせん》に乗り込んだ。

積雪《せきせつ》の影響で遅延《ちえん》が出るという大いにひやひやさせられる事態も起こったが、十二時には余裕《よゆう》を持って廃ビルにたどり着けそうだ（家に一旦帰るまでの暇はなかった）。

「あ～、やっと帰ってきた気がすんな～。寒いけどまだあったけ～。寒いけどね！」

駅のホームに降り立った青木《あおき》が体を伸ばす。

「やっぱ疲れたな……。しかもこのまま『時間退行《じかんたいこう》』に突入か……」

「暗い顔すんなよ太一《たいち》～、なんとかなるって」

「……なんでそんなに元気で楽しそうなんだよ」

元気がありあまり過ぎだ。あれか、最近大人しかったことの反動か。

「ということで太一、走るぞ」

「……いや、普通に歩けば間に合うんだから、必要ないだろ」

「一分一秒でも早く、オレは唯《ゆい》に伝えなければならないことがあるんだ。行くぞっ！」

「だから走るなって！　昨日も結局凍《こお》った地面に滑《すべ》って転んでただろ⁉」

二人はへとへとになって廃ビルに到着した。

ぜいぜいと息を整えなければならず、体を落ち着けるのに時間を食った。

「……一分一秒でも早く伝えたいことがあるなら……ペース考えて走ろうぜ……、今度から……」

「ち、違うんだ……。それじゃ意味がないんだ……。はぁ、はぁ……」

意味がないとはどういうことだろうか。

「なに無駄《むだ》な体力を使ってんだ？　バカじゃねえの？」

案の定稲葉《じょういなば》には白い目で見られた。

「太一～」

甘えた声で永瀬《ながせ》が話しかけてくる。

「お・み・や・げ・は～？」

「……ないけど」

「な、なんだって⁉　旅行に行ったくせにおみやげがないだって⁉」

「まあ、遊びに行った訳じゃないし……」

「だって太一にとっては、おみやげ買いに行く旅行だったんでしょ？」

「そんな旅行をした覚えは一切ない」

「当たり前だろ、伊織《いおり》」

稲葉が永瀬をたしなめるように言う。太一の味方をしてくれるようだ。

「だからメールで頼んどこうって言ったじゃないか、全く」

「……もう少し俺《おれ》の財布《さいふ》を労《いたわ》ってくれないかな、二人とも」

旅費だってバカにならなかったのに。

「付き合う前の男が女のために金を出すのは当然だろ？　ま、アタシは付き合いだしたらデートで割《わ》り勘《かん》オッケー派だけど」

「だから稲葉んそういうさり気ないのズルイよ！　わたしは加えてお料理とかしてあげるけどさ」

「『加えて』の方がズルイだろうが！　後出ししでしれっと言ってんじゃねえよ！」

「あ、あの……。今回はおみやげを買ってこなかった俺が悪いと思うので……」

「『ので？』」

瞳《ひとみ》を輝かせた永瀬と稲葉が、太一の顔を覗《のぞ》き込む。

「……今度なにかプレゼントでもします」

太一が言うと、二人は満足げな表情でハイタッチをした。

「この展開……狙ってやった訳じゃないよな……？」

完全に否定できないところが恐ろしかった。

「唯」

青木が、桐山《きりやま》に呼びかけた。

賑《にぎ》やかだった室内がしんと静かになる。

桐山は、居場所を見つけられないように、冷たいコンクリートの壁に寄りかかって立っていた。

溜息《ためいき》をついた永瀬と稲葉を見るに、もしかしたら二人は、青木と桐山が話すことを引き延ばそうとしていたんじゃないかと気づく。

稲葉がもう一度溜息をついて、口を開く。

「……せめて今日の分の『時間退行』が終わってからじゃダメか。現象《げんしょう》が始まるとアタシらのフォローも難しくなる訳だし——」

「今、言わせてくれ」

ダメだこりゃという風に稲葉は首を振る。

「……わかったよ。出ていこうか？」

「いや、いいよ。外だと寒いし」

青木が桐山に近づいていく。

そして、数メートル手前で立ち止まる。

桐山は青木に横顔を向けたまま俯《うつむ》いている。

ちょうど太一の位置からは、横向きの青木と正面を向く桐山が見える状態だ。永瀬と稲葉も、黙《だま》って邪魔《じゃま》にならない位置に移動した。

「オレさ……西野《にしの》菜々《なな》と唯が似てるって改めて認識した時、すげーびっくりしたんだ。もちろん、初めは『似てるなー』と思ってたけど、すぐ意識しなくなってたから」

桐山は、返事をしない。

「オレ……結構《けっこう》今の『生の』感覚っての大事にしてるんだ。だから、あんまり深く物事を考えてなくて……。それで、昔の感覚を思い出したせいで……なんか混乱してた」

一人で青木は話し続ける。

「オレは唯の方が好きなんだとか、あの頃の自分は『恋』なんてわかってなかったから、今の『恋』が本物なんだとか思おうとしたけど、……それも違うな、ってなった」

青木は視線を上げて、空中になにかを探した。

「それで自分の本当の気持ちを確かめたいと思って……西野菜々に会いに行ったんだ」

桐山の喉《のど》が、こくりと動く。

「そこで気づいたんだ、オレ、やっぱり菜々のこと大好きだった。あの過去の自分の気持ちを……否定なんて、できなかった」

「……そう」

初めて桐山が相槌《あいづち》を返した。

感情を押し殺した声だった。

「だってさ、あの時の自分は……全力で生きていたから」

全力で、生きていたから。

自分の気持ちと向き合って、青木はその結論《けつろん》に辿《たど》り着いた。

「でもオレは……今だって全力で生きている。いや、もっと全力で生きている」

桐山の俯いた頭が、ほんのわずか持ち上げられる。

「だからオレは今の自分の気持ちも否定しない。オレは、今までの人生の、全ての自分を肯定《こうてい》したいんだ。否定したい過去なんてない。嫌なことも忘れたいことも全部全部含めて。それは、全力で生きたオレが残したものだから」

これだけ自分の人生に胸を張るには、いったいどれだけの覚悟《かくご》が必要なのか。いったいどんな生き方をすればこんな風になれるのか。

青木が適当《てきとう》？

それはどう考えたって誤《あやま》った指摘《してき》だ。

青木は、誰《だれ》よりも真剣だ。

誰よりも真剣に人生を生きている。

「自分は昔、西野菜々が好きだった。そして今の自分は、桐山唯が好きだ」

堂々と、はっきりと、臆《おく》することなく、真っ向から。

「それのなにが、悪いんだ」

青木は全力で言い切った。

圧倒《あっとう》されて、太一は一瞬息をするのも忘れていた。

桐山の頭が完全に持ち上げられる。

「……それって？」

「オレはやっぱり唯のことが……青木義文《よしふみ》は桐山唯のことが大好きだということ」

桐山が言葉を失って硬直《こうちょく》した。

数秒、彫刻《ちょうこく》のように固まって、再び頭を下げる。

「……でもそれは……あたしが西野さんに似てるからで――」

「違う。全然違う。菜々は菜々で、唯は唯だ、絶対に。今のオレなら確信を持ってそう言える」

床を見つめたままの桐山に、青木は更に言葉を重ねる。

「確かに菜々と唯は外見的に似ている。性格的に似ているところもあるかもしれない。だとしても、それは、オレがそんな感じの女の子がタイプ、ってだけの話さ」

青木は軽い口調でにかっと笑ってみせる。

「そーいえばさー、オレ、髪の長い女の子が好きなのよ。で、一度菜々にそれを話したら、そっから菜々が髪を伸ばし始めてさー」

明るく、もうそれはなんの問題もないと言うかの如《ごと》く、青木は今好きな人に、昔好きだった人の話をする。

「ま、別に外見だけで人を好きになる訳じゃないけど」

「……じゃあ……中身を見て？」

囁《ささや》き声で桐山が問いかける。

「ん～、それもそう言われると違うよなー。なんつーか……、人間を見て好きになったって言うしかないかな？」

ふらふらと体を揺らしながら、でもしっかりと通った一本の芯《しん》を持って青木は答える。

「人間を……？」

「そう。昔は、西野菜々という一人の人間を。今は、桐山唯という一人の人間を」

一人の人間を、好きになるということ。

「……あたしに……そんな価値……あるのかな……？」

涙の堤防《ていぼう》が決壊《けっかい》する一歩手前、そんな声だった。

「あるさ。唯は世界中の誰よりも価値があるさ。少なくとも、今のオレにとっては」

世界中の誰よりも、価値があると思うこと。

理屈で言えば、『世界中の誰よりも価値がある』なんて人間、決められる訳がない。

でも青木は決めている。

それはたぶん、理屈じゃない。

そこはたぶん、理屈なんて要《い》らない世界だ。

「オレは唯が好きだから。それをもう一度伝えておきます」

言い終えると、青木は口をつぐんだ。

『だから桐山にこうして欲しい』なんてこと、言わなかった。

まるでそれは、桐山自身で決めることだと言うように。

誰も声を発さなくなった部屋に、ぐすぐすと鼻をすすり上げる音だけが聞こえる。

部屋の寒さも、薄暗さも、古い臭いも、感じなくなった。

全てを、たった一人の男が飲み込んでいた。

その想いを直接向けられた桐山には、いったいどれほどのものが去来《きょらい》しているのか。

「……っけない。……っけない」

桐山がごしごしと、目元を擦《こす》る。

擦りながら、ぶつぶつと呟《つぶや》く。

「え？　なんだっ――」

「情けないっ！　情けないっっ！　情けないっっっ！　情けないっっっっ！」

桐山は涙を拭《ぬぐ》っていた手を、壁に思いっ切りぶつける。

衝撃《しょうげき》でビルごと揺れたんじゃないかと思った。

「なっっっさけないのよっっっっっっっっっっっ！」

目を真っ赤にして、歯を食いしばり、桐山は猛獣《もうじゅう》のような唸《うな》り声を上げる。

「ゆ、唯……？　なんで急に叫《さけ》ん――」

「……本当は……本当はとうの昔にわかってたのよ……」

今度は、嵐が過ぎ去った後の、凪《な》いだ海のような口調だ。

けれど、静かであるはずなのに、口を挟めないだけのなにか迫るものがあった。

青木の言葉が、桐山の扉《とびら》をこじ開けている。そんな気配《けはい》がする。

「わかってたのに……。自分で踏み出さなくちゃならなかったのに……。またうじうじ躊躇《ためら》って……。甘えてきっかけを待って……」

桐山はぎりっと拳《こぶし》を握る。

「進もうって思ってた……。だけど結局口先だけだった……。周りが優しいからって、徐々《じょじょ》にやっていけばいいって甘えて……。『いつか』ちゃんとって……。じゃあその『いつか』をいつにするつもりだったのよ……？」

頭を下げたせいで、桐山の目が髪に隠れて見えなくなる。

独白《どくはく》は続く。

「どう考えたって……、誰よりも情けないのはあたし……。何事にも真正面から向き合ってなかったのはあたし……。逃げてた……逃げてばっかりだった……」

「本当はわかってた……。でも……、でもわかってたけど認めたくなかった……。認められなかった……時が経《た》つほど……どんどんどんどん認められなくなった……！」

涙を堪《こら》えて、桐山は大きく鼻を啜《すす》る。

「だって認めちゃったら……認めちゃったら二年間もずっと立ち止まってたあたしはっ、ただのバカになっちゃうじゃん!?」

叫ぶと同時、さっきまでギリギリ塞《せ》き止められていた桐山の涙が、瞳からぽろりとこぼれ落ちた。

それは、桐山の中のなにかが決壊する、合図《あいず》だったかもしれない。

「痛いよ……痛いよ……痛いよ痛いよ痛いけど！　痛いけど！　痛いけど！」

栗色の長髪を振り乱して、桐山は一人で叫び続ける。

「ゆ、唯？　大丈夫？　痛いってどこが？」

青木が尋《たず》ねる。

けれど桐山の耳には届かない。

「痛くても痛くても痛くても痛くても進まなきゃいけないのよっっっっ！」

叫ぶ桐山を、誰も止めようとはしない。止めることが、できない。

「男が恐くて……男が恐くて一緒に練習できないから空手《からて》をやめるってなによ⁉」

それはある意味、これまで歩んできた桐山唯の人生に対する、懺悔《ざんげ》だった。

「じゃあ理由を言えばよかったじゃない⁉　それで配慮《はいりょ》して貰えるようにすればよかったじゃない⁉　なんでそうしなかった⁉　……そんな事実を知られるのが嫌だった？

……思い出したくなかった？　なによ……、結局自分の都合じゃない⁉　探せば女の子だけで練習させてくれる道場だってあったはずじゃない⁉　なんで行動しなかったのよ、あたしは⁉」

今の桐山から、もう変わることのない過去の桐山への、言葉。

「でももしかしら……本当はそれさえも建前じゃないの⁉　確かにそれもあったけど、それだけじゃなかったでしょ！　薄々《うすうす》……薄々わかってたけど……気づいた」

それは、過去の自分に戻ったからか。

「あたしは……男に勝てないと思って……努力するのがバカらしくなったんじゃないの!? 特になにもやってなさそうなのにっ、男ってだけでそいつに負けるのにっ、嫌気が差したんじゃないの!?」

桐山が、己の心に真正面から立ち向かう。

誤魔化《ごまか》さないで嫌な部分まで見つめる。

自分の心と全力で向き合った、青木義文のように。

「わかんないよっ！　自分でも本当はどうなのかわかんないよ！　でもあたしが逃げ出したことは確かっ！　戦おうとしなかったことは確かっ！」

はぁはぁと桐山は肩で息をする。体中のエネルギーを全て絞《しぼ》り取ったんじゃないかと思うほどの消耗《しょうもう》具合だ。それでも桐山は叫ぶことをやめない。絞りカスをまた絞るようにして同じ強度で叫ぶ。

「男性恐怖症だからなによ！　男に極端《きょくたん》に近づかれると震《ふる》えが出るからってなによ！　男に触られると体が拒否反応《きょひはんのう》を示すからってなによ！　もしかしたらどうにかできたんじゃないの!?　なんで初めから諦《あきら》めてたのよ!?」

桐山は、己の体に言葉を刻《きざ》みつけるように叫ぶ。

バカげているようで、桐山にとっては大切な大切な儀式《ぎしき》。

「それがどんなものだって、自分が進まないためにその理由を使うならっ、それは理由でもなんでもなくてっ、……ただの『言い訳』じゃない⁉」

確かに深刻《しんこく》な理由があっても、それを理由に動こうとしなければ。

その『理由』が存在するというだけで、諦めてしまったら。

「いくら男性恐怖症だからって……でもそれはそれでしかないじゃない！　だからと言って体が動かない訳じゃないのよ⁉　最後に踏み出すか踏み出さないか決めるのは自分じゃない！　そして踏み出してこなかったのは……自分じゃない！」

『欲望解放現象《よくぼうかいほう》』でも起こっていない限り、行動を決定するのは、間違いなく自分だ。

選択をするのは、自分だ。

自分の、選択なのだ。

「いつだって、いつだって、いつだって、いつだって……、最後に踏み出さなかったのは自分じゃないかっっっ！」

鉛色《なまりいろ》の天井《てんじょう》に向かって、桐山は吠《ほ》えた。

そしてがくりと落ちて両膝《りょうひざ》を地につける。

全てを吐《は》き出した桐山はじっと固まり、動かなくなった。

一見、燃え尽きてしまったかのようだ。

しかし、膝をついたままの少女を目の前に、太一達はなにもすることができなかった。

いや、正確には、しなくていいと思ったのだ。

殻《から》という殻を突き破《やぶ》って、己の全てを出し切って、もうなにも残っていないかのように思える少女に、燃える炎を見たのだ。

「……いつから、できなくても『まあいいや』って思うようになったんだろ？」

静かに澄《す》んだ声で、桐山は呟く。

「……ずっと負けず嫌いだったはずのに、……いつから負けてもなにも思わなくなったんだろ？」

顔を上げて、桐山は不思《ふし》議《ぎ》そうに首を傾《かし》げた。

「……自分の価値がわからない？　……価値なんて自分で勝ち取るものじゃない」

片膝立ちになった。

「……モブキャラが嫌なら、前に出ればいいじゃない」

勢いをつけて立ち上がる。

「昔はちゃんと……自分一人の足で歩いていたのに……いつから支えて貰わなければ歩くことさえできなくなってたのよ……!?」

足を踏ん張る。拳を握る。メラメラと炎が燃え上がる。

すーはーすーはー、と桐山は深呼吸した。

涙を拭い去り、太一達の顔を見渡す。

桐山は、覚悟を決めた表情をしていた。

「もう、逃げない。もう、立ち止まらない。自分で戦う。前に進む。もう、甘ったれた自分はここでおしまい」

そして、はっきりと宣言する。

「あたし……強くなるから」

それは桐山の、自分で決定した選択だ。

桐山は、迷うことなく真っ直ぐに青木の下《もと》へ向かい、目の前で顔を見上げた。

「今までずっと、ごめんね。あんたが優しいから、ちょっとずつでいいやって、甘えてた。……ていうか、前からずっと色々やって貰って、今回も嫌なこと言って、最後は一人でなんかバカみたいに喚《わめ》いちゃって、ごめんね」

「……謝らなくたって、いいって」

そうだね、そうじゃないよね、と桐山は頬《ほほ》を緩《ゆる》めた。

とても温《あたた》かくて、とても綺麗《きれい》で、とても晴れやかな笑《え》みだ。

「……ありがとう、青木。あんたが全力でいてくれたから、あたしは今、進もうと思えた。本当にありがとう」

「いやいやいや……、な、なんか改めて言われると照れるな～」

青木は頭を掻《か》いて視線をあらぬ方向にやる。

そんな青木に対して、桐山がふと思いついたように聞く。

「ねえ、あんたってさ……あたしに抱きつかれたらどう思う？」

「抱きつくって!? そ、そりゃ嬉《うれ》しいに決まってるじゃん。だって好きな人——」

ぎゅうっ。

桐山が、力一杯青木の体に抱きついた。

男性恐怖症で、男に極端に近づかれると震えが出る、男に触《さわ》られると体が拒否反応を示す、桐山が。

身長差があるため、桐山の腕《うで》が青木の腰少し上に巻き付くことになる。

桐山の体が、目に見えてがたがたと震え出す。

痙攣《けいれん》の一歩手前くらいに見えるほどだ。

桐山は自分の顔をぎゅむっと青木の体に押しつける。

「ゆ、唯……。無理は……」

永瀬が心配そうに近づく。

「……やめろ」

その永瀬を、稲葉が肩を摑《つか》んで止めた。

抱きつかれた方の青木は、両手を変な形で挙《あ》げて銅像《どうぞう》になっていた。

びっくりし過ぎて声も出せないようだ。

危険じゃないかと思うくらいの桐山の震えが、少しずつ、本当に少しずつ、小さくなっていく。

しかし時々、電流でも走ったかのように体をびくっと跳ねさせる。

けれどだんだん、その回数も少なくなっていく。
少しずつ。
と思いきや、再びぶり返して震えが大きくなる。
でも決して体を離さない。
息苦しかったのか桐山の顔が横に向けられた。
滝《たき》のように汗を流す、恐怖に歪《ゆが》んだ表情の桐山は強く強く歯を食いしばる。
また少しずつ、震えが小さくなる。
少しずつ。
少しずつ。
少しずつ。
そして震えが、——止まった。
ゆっくりと、桐山は青木の体に回していた手を解《と》く。
とん、とグーで青木の胸の辺りを突いた。
桐山の気に押されたように、青木がべちゃりと座り込む。
「……勝った」
冷や汗をダラダラと流しながら、桐山はにやりと口の端を吊り上げた。
恐れ知らずの、少年のような笑みだ。
「やれるじゃん……、あたし。やろうと思ったらやれるじゃん……、あたし」

「やったの……？　本当に……？」

永瀬が呆然《ぼうぜん》とした声を出す。

「あたしはもう誰にも、なににも、負けない」

どっしりと仁王立《におうだ》ちして、桐山は栗色に輝く長髪を掻き上げる。

まさしく強者の風格《ふうかく》だ。

こうまで人は、変われるものか。

いや、昔は『こう』だったから当然なのか。

「……あはは、なんだろ、この感じ。なんか懐《なつ》かしい。子供の……なんでもできると思っていた頃の自分に戻ったみたい」

どこか勝ち誇《ほこ》ったような笑みを浮かべ、ひゅっと目にも留《と》まらぬ速さで正拳突《せいけんづ》きを繰《く》り出す。

「あたしには、天上天下唯我独尊《てんじょうてんげゆいがどくそん》って言葉がよく似合うわ。『唯』の字も入ってるし」

半分は冗談ぽく、でも半分は本気で思っていそうに、言う。

「唯……」

思わず、といった声を稲葉が漏《も》らす。

「もし今のを『あたしこそが一番なんだ』という意味で使ったのなら……誤用《ごよう》だぞ？」

数秒、しーんと沈黙《ちんもく》が落ちる。

その後、桐山の頬がぽっと染まった。

なんとも桐山らしかった。

「と、とにかくあたしは凄《すご》い人間になるのっ！　そうなるの！」

ばたばたと、桐山は子供のように手を振り回す。

変わったところはあっても、やっぱり桐山は桐山だ。

「だいたい凄い人間ってなんだよ？　お前みたいな奴になれんのかぁ？」

わざとらしく意地の悪そうな口調で稲葉が聞いた。

もうこんな言い方をしても大丈夫だと、確信しているようだ。

「が、頑張るもん」

「頑張ってどうにかなるもんか？」

「どうにかは……ならないかもしれない……」

トーンを下げて、静かに呟く。

稲葉が「やってしまったか」という顔をする。

「でもたぶん……どうにかなると信じて頑張ることが、大切なんだと思う。あたしは」

桐山の言葉を聞いて、稲葉は大口を開けて笑い出した。

「くっ……あっははは！　お前も、そしてそこで座り込んで放心してる奴も、二人ともバカだよ！　最っ高にバカだ！　最っ高のバカだ！」

「な、なによバカって!?　後一応青木とは一緒にしないでくれる!?」

「でもバカだけどバカじゃないな、お前らは。それに比べれば、アタシの方が……もっとダメな意味でバカさ」

「ん～……と、どういう……意味？」

「わかんないならいいよ、バカ」

「さっきからバカバカ言って！　バカって言う方がバカなんだから——わぷっ!?」

喚き立てる桐山に、永瀬が体ごとぶつかるように抱きついた。

「なんか唯、スゲーかっけーよ！　格好《かっこう》よ過ぎ！　でも可愛《かわい》い！　もうこれはかっこ可愛いというしかないよ！」

「かっこ可愛い……本当に？　かっこ可愛い……それ、絶対あたしの理想型だ！」

とても楽しそうに、永瀬と桐山の二人は奇妙《きみよう》なステップを踏む。

その時ふいに気になって、太一は携帯電話《けいたいでんわ》で時間を確認した。

時刻《じこく》は——。

「おい、みんな！　もう十二時になるぞ！」

太一が叫ぶのとほぼ同時。

「ぬあっ!?」

魂《たましい》をどこかに飛ばしてへたり込んでいた青木が、ミニサイズの少年になった。

「……うおっ!?　服がぶかぶかだ！」

どうやら今回は青木だけに『時間退行』が発生したようだ。

桐山が永瀬と組んでいた手をぱっと離す。

「……おいで。着替えの服をあげるから。……ところで、君」

桐山が少しかがんで、子供になった青木と目線の高さを合わせる。

「義文君は……今何歳？」

「十歳だけど」

奇《く》しくも、それは初めて、『時間退行』状態の青木が、桐山唯を別人と間違《まちが》えてしまうと判明した時の年齢《ねんれい》だ。

「十歳か……。えっとね、今はまだ無理かもしれないけど。いつか必ず、あたしは、君にも桐山唯だってすぐわかって貰えるような、ちょっと誰かに似てるからってだけで間違われないような、そんな人間になってやるわ。この世でたった一人の人間に」

穏《おだ》やかな微笑《ほほえ》みに、どこか挑発的《ちょうはつてき》な色を含ませて、桐山はきっぱりと宣誓《せんせい》する。

すると、青木【十歳】が「へ？」と不思議そうに首を傾げた。

「なに言ってんの？　桐山さんは元からこの世でたった一人の桐山さんでしょ？」

なんの疑いもなく、当たり前のことではないかと言うように、青木【十歳】は言い放った。

純真《じゅんしん》な少年の言葉に、誰もが刹那《せつな》、声を失う。

「え……あの……あたしを西野菜々さんのお姉さんだと……思わないの？」

軽く混乱した様子の桐山が、青木【十歳】に確認する。

「えー？　確かに菜々と似てるけどさー。桐山さんは桐山さんで、菜々とはなんの関係もないんでしょ？」

「あ……うん、そうだよ。そっか……、……そうだね。人は誰でも、この世でたった一人の人間だよね」

こくこくと桐山が頷《うなず》く。

「そうそう。だって同じ人なんていないんだしさー」

「あはは。だよね。ふふふ」

「なに笑ってんの？」

「いやだって、うふふ。当たり前のこと、なのにね。ははは。なんで子供に言われなきゃ気づけなくなってたんだろ」

それは、本能で感じられるくらい当たり前のこと。

けれどいつの間にか、人はそれがわからなくなる。

込み上げる笑いを漏らしながら、桐山が青木【十歳】に合う服を探す。

だからなんで笑うんだよー、と青木【十歳】は不満顔だ。

青木が決意して、その影響で桐山が変わった。

今二人は、圧倒的な推進力《すいしんりょく》で進み出そうとしている。

誰かと繋《つな》がっているから、人は強くなれるのだ、太一はそのことをひしひしと感じた。

□■□■□

桐山と青木【十歳】は楽しそうにお喋《しゃべ》りしている。

室内は穏やかな雰囲気《ふんいき》だった。

太一の横にいる稲葉が口を開く。

「結局なんで勘違《かんちが》いしなくなったんだ……？　青木が西野菜々に会ったことで記憶《きおく》が鮮明《せんめい》となって、混乱がなくなったのか？　それとも……。……まあどうでもいいか」

諦めて稲葉はふっと息を吐き、独り言を続ける。

「しかしこの現象いつまで続くんだ……？　未《いま》だに〈ふうせんかずら〉の野郎《やろう》は姿を見せないし。もう一月三日だぞ？　もし学校が始まってもこのままだったら……」

稲葉が不安そうな顔をしたので、少しでも和《やわ》らげてあげようと太一は思った。

「大丈夫だよ、稲葉。たぶんもうすぐ終わる」

力強く、太一は伝える。

しかしその力強さが――アダとなったようだ。

稲葉が鋭《するど》く目を細めた。

「……お前、なんでそこまで確信を持って言えるんだ？」

「……確信って。俺は……そうだろうなと、信じてるだけで……」

〈二番目〉との接触《せっしょく》がばれては不味《まず》いと、太一は躱《かわ》しに入る。

「今の発言と態度で、アタシは逆に確信したね」

稲葉は獲物《えもの》を捕らえた狩人《かりゅうど》のように笑う。

「太一、お前なにか隠してるだろ？」

もう一片たりとも、己の予想に疑いを抱《いだ》いていない顔だった。

「どうしたの二人とも？　急にシリアス臭《しゅう》がぷんぷんになってるよ？　リラーックス、リラーックス」

「邪魔だ、伊織。おい、そうなんだろ太一？　元はと言えばなぜか『お前にだけ』変化が起こらないことも妙なんだ。お前がなにか重要な鍵《かぎ》を握っていてもおかしくない」

油断《ゆだん》、したか。

「その表情……完全に図星《ずぼし》だな？」

「そんなことは……」

「太一……あの……どうなの？」

控《ひか》えめに永瀬も尋ねてくる。

「答え……られないんだ」

そう、漏らしてしまっていた。

「答えられないとはどういうことだ？」

稲葉がすかさず切り込んでくる。

「話すと……大変にしてしまうと言われているから」

〈ふうせんかずら〉の同類、〈二番目〉が突きつけてきた『約束』だ。

「『大変』ってどういう意味なんだ？」

「だから……」

「情報があるなら教えろ。アタシ達に話せばできることも増えるはずだろ？」

太一は稲葉の勢いに負け、後はもう雪崩《なだれ》式で全てを聞き出されてしまった。


「——というのが、今まであった話なんだが……。言ってしまった……」

話し終え、太一はがっくりと肩を落とした。

「落ち込まなくてもいいじゃない、太一」

話を聞きに来ていた桐山が慰《なぐさ》めてくれる。

「そんな話になってたんだ……」

驚く永瀬の横で、稲葉が少々バツの悪そうな顔をする。

「確かに……、無理矢理聞き出したのは失敗かもしれないが……。ま、別に奴らも四六《しろく》時中《じちゅう》こちらを見ている訳じゃないだろうし——」


「あ〜あ……」

気の抜けた声が、太一達の間を通り過ぎた。

声を発したのは他でもない、永瀬伊織――。

いや、永瀬伊織の体を借りた何者かだ。

「お前は……誰だ？」

稲葉が尋ねる。

「……誰？　もう……、誰でもいい。もう、さようならだから」

緩やかな口調で、眠そうな顔をしている。

「……大変にするって、ずっとにするって言ったの、覚えてる？」

永瀬が――〈二番目〉が太一の方に顔を向ける。

目の奥の、黒い光が太一を捉《とら》える。

体が動かなくなってしまう。

「君にしたのは間違い……？　誰でもよかったんだし……。もういいか、終わりだし」

興味を失ったかのように、すっと〈二番目〉は目を逸《そ》らした。

「どうせばれて終わるんだしある意味これもあり……？　まあ……さようなら」

その言葉を合図に、永瀬はかくんと首を落としかけた。

「……ん？　なんか、今……いや、なんでもない、か？」

「なんだよ……！　こっちと話す気さえなしかよ……！　これじゃ〈ふうせんかずら〉の方がまだマシってことになっちまうだろうが……！」

稲葉が文句を吐く。

がたん、とその時、音がする。

「ううっ……！」

離れた席でゲームをしていた青木【十歳】が、ゲーム機を取り落として苦しそうに身を丸めている。

桐山が慌《あわ》てて駆け出す。

「よ、義文君⁉ どうしたの⁉ まだ五時まではかなり時間が――」

――次の瞬間、青木【十歳】の体が、元の青木のサイズに戻った。

「いてて！ し、締《もだ》まるっ⁉ 服が⁉」

青木がバタバタと悶え始める。

「なっ……えっ⁉」

走り出していた桐山が急停止する。

「なんだよこれ……。……終わりってことか？ 最後はやっぱ呆気《あっけ》ないんだな……」

稲葉が安堵感《あんどかん》と拍子《ひょうし》抜《ぬ》け感が交じった声を出す。

よかった。

太一も全身を脱力させた。

〈二番目〉が出てきた時はどうなることかと思ったが、そのまま終わらせてくれたらしい。

これならば、もっと早くに皆に言っていた方がよかったんじゃ――。

突然、太一の体が熱くなった。

熱い、熱過ぎて痛い。まるで細胞《さいぼう》の一つ一つが燃焼《ねんしょう》を始めたようだ。頭も沸騰《ふっとう》してドロドロと溶《と》けていく。体を折って胸を押さえる。

――え、どうしたの太一!?

遠くの方で、永瀬の声が聞こえる。

――おい、なんだ？　まるで『時間退行』前みたいな……。まさか……まさか、今度は太一も含めて、起こる時間までアトランダムになった『時間退行』が……！

稲葉の声が届いたのを最後に、太一の意識は途切れた。

無意識の中で、不思議な懐かしさを感じた。

＋　＋　＋

早く家に帰りたい。

早く家に帰らなければ。

母親とあの男を二人にはしておけない。
危険だ。
自分がいなければならない。
今度こそ、上手《うま》くやるのだ。
そうすれば。
そうしなければ。
過去がもし、やり直せるのであるならば。

八章

もう一度やり直す

意識が戻ってくる。

体に余熱《よねつ》が残っているような感覚がある。

頭の中では、どこかに埋《う》もれてしまっていた過ぎ去りし日々の思い出が、走馬燈《そうまとう》のように駆《か》け巡《めぐ》っている。

「……ん？　おおっ！」

自分の体を見ると、重ね着させられた子供サイズの服がぱんぱんになっていた。

「体、大丈夫？」

心配そうに眉《まゆ》をひそめた永瀬《ながせ》が尋《たず》ねてくる。

「あ、ああ……」

「じゃあ着替えて」

そう言って、永瀬は太一《たいち》が元着ていた服を手渡してくれた。

「今はどういう状態だ？」

聞くと、永瀬は目を伏せて首を振った。

太一は窓を見る。

外には、漆黒《しっこく》の暗闇《くらやみ》が広がっていた。


「……すまん、アタシのミスだ。……本当に、すまん。許してくれとは言わないが……、謝らせてくれ」

現状について説明した後、稲葉《いなば》は机に手を突いて頭を下げた。

「そんなに謝らないでくれよ……。俺の方がどう考えても悪いんだから……。俺の立つ瀬《せ》がなくなるじゃないか……」

太一は言う。

今、文研部《ぶんけんぶ》には、起こるタイミングや時間も含めてアトランダムになった『時間退行《じかんたいこう》現象《げんしょう》』が起こっている。

加えて今度は、太一も含めて、五人全員で。

「……俺が【十二歳】になってからの五時間強の間に、永瀬以外の全員が一度ずつ『時間退行』した……」

無意味に、太一は先ほど聞いた事実を繰《く》り返す。

「……ああ、そうだ」

暗く呟《つぶや》いた稲葉の視線の先には、毛布にぐるぐるとくるまってゲームに興《きょう》ずる桐山《きりやま》

【九歳】と青木《あおき》【七歳】がいる。

時刻《じこく》は午後七時を回っていた。

「おなかへった～。おなかへった～」

桐山【九歳】がリズミカルに歌う。

「こら、危ないから椅子《いす》の上に立ったままくるくる回るのやめなさい。……ていうか凄《すご》いバランス感覚だな⁉」

「太一さんもやろうよ～。で、どっちが多く回れるか勝負しよっ」

「だから危ないって……、ほら」

太一は桐山【九歳】を無理矢理椅子から降ろす。

「え～、つまんないの～」

「おい、太一なにやってんだ。早くしろ」

稲葉に呼ばれる。

「じゃあ太一、青木。頼んだぞ」

稲葉が二人の肩にぽんと手を置いた。

「わかった」

「了解です稲葉隊長！」

二人はしばらく保《も》つだけの食料調達の任務《にんむ》を与えられていた。

「なるべく急げ。万が一どちらかに『時間退行』が起こったらすぐ連絡を入れて、ダッシュで帰ってこい」

いつ誰《だれ》が『子供の姿』になってもおかしくないという状況下、太一達は迂闊《うかつ》に外出することすらできなくなっていた。

物理的変化は、人の目に見えてしまう。

しかしだからと言って、飲まず食わずでいる訳にもいかない。

「途中の公衆《こうしゅう》トイレで、用も足してこい。外出の機会《きかい》はできるだけ減らした方がいい」

「……ん、コンビニじゃダメなの？」

青木が尋ねる。

「どのタイミングで起こるかわからないんだ、人が誰もいないに越したことはない」

「うっす、稲葉っちゃん」

買い出しに二人が選ばれたのは、『時間退行』が終わってから一番時間が経過していないからだった。

その方が、次の変化まで時間的余裕《よゆう》があるだろうと判断したのだ。

もちろん、ただの気休めにしかならないが。

「じゃあ行ってくる」

「行ってらっしゃい。……気をつけてね」

そう言って見送ってくれた永瀬は、「お前こそ大丈夫か」と問いたくなるような憔悴《しょうすい》した表情だった。

午後九時を過ぎて、五人全員共に『時間退行』が起こっていない、という時間が訪《おとず》れた（先ほどの間に永瀬も一時間半だけ【十三歳】になり、〈二番目〉が全てをランダムにしてから、これで全員に一度ずつ『時間退行』が起こったことになった）。

「……で、どうだった？　アタシの家は、少なくとも今日は大丈夫だ」

稲葉が皆に、家族へと電話をした結果を尋ねる。

太一達はそれぞれ、『今夜は帰れない。もしかするとしばらく帰れないかもしれない』という旨《むね》を家族に伝えていた。

変化してしまえば、自分達の意識が完全になくなってしまう。

どうすれば対策《たいさく》が取れる、などというレベルの話ではない。

「オレんちも一応大丈夫」

青木が言い、続けて太一が口を開く。

「俺《おれ》もとりあえずは……。ただ家族が……半端《はんぱ》ないぐらい怒ってる。あの適当な母親まで激怒《げきど》するとは……」

特に妹は「もうお兄ちゃんなんて知らないもん。帰ってきても無視してやるもん」などと宣《のたま》っているらしい。……どうしよう、許《ゆる》して貰《もら》える時には、財布《さいふ》が干《ひ》からびていそうだ。

「あたしんとこ……結構《けっこう》やばいかも」

桐山は頭を押さえる。

「元から冬休み中、家を出てばっかりで『なにかあったのか』って疑われてたところに、これだから……」

桐山の母親の優しそうな顔を、太一は思い出す。

「それとなんと言っても……妹にこの場所ばれちゃってるから。一応、口止めして大丈夫だって言ってはあるけど、いつまでもつか……」

この場所さえ、安息《あんそく》の地とは言えないのである。

「……永瀬は？」

太一が聞くと、下を向いていた永瀬がぱっと顔を上げた。

「へっ!? ……ああ、わたしも今のところは大丈夫。……大丈夫なんだけど」

「なんだ、気になることは言っておけよ？」

稲葉が先を促《うなが》す。

「あの……本当にちょっとでいいから……家に帰っちゃ、ダメかな？ 本当に一瞬でいいから！」

切羽詰《せっぱつ》まった表情だった。

「却下《きゃっか》だ、バカ。そんなもん許したらもうなんでもアリになるだろ。そうなればおそらく、あっという間に……露見《ろけん》する」

自分達に起こっている現象が、世の中の人にばれてしまったら。

もしそうなってしまった時どうなるかの検討《けんとう》は、幾度《いくど》か行っている。

変な噂《うわさ》が立って終わる。目撃を報告した人が精神科に入れられる。自分達が研究施設《しせつ》に放り込まれる。

そして最悪のパターンは、〈ふうせんかずら〉か〈二番目〉かはたまた別の何者かが、全てを消し去ってしまうこと。

奴らは何度も同じようなことをやっているらしい。なのに少なくとも現時点では、それらの行為《こうい》が公《おおやけ》になっていない。今の情報社会を考えれば、公にならないようにするためのなにかが行われていると考えるのが自然じゃないか、とは稲葉の弁《べん》。

もし仮にその予想が正しかった場合、消されるものは、記憶《きおく》か、事実か、全てか。

どの可能性も完全に否定することはできない。

だって、奴らにはなんだってできるのだから。

「やっぱり……ダメだよね。……ごめん、気にしないで」

吹けば消え去ってしまいそうなくらいに、永瀬は意気消沈《いきしょうちん》していた。

夜が深くなると共に、寒さが急激に増してくる。

風邪《かぜ》を引かないよう何枚も毛布をかけ、ストーブ近くで稲葉【三歳】を寝かしつける。

「……寝たかな？　三歳に夜中の十二時はしんどいよねぇ」

桐山が優しく言う。

「よーし、じゃ、オレちょっと今のうちに空気入れ換えとくわ」

青木が窓を開けに行く。

石油《せきゆ》ストーブを使っている以上、換気《かんき》には細心の注意を払っている。

「みんなが寝てる間にストーブつけとくのは危険だよな……」

呟きながら太一は考える。

交代で番をするにしても、当番の人物に『時間退行』が起こってしまう可能性が恐い。

「あ～んそんなことよりお風呂入りた～い……！　汗かいたから体がべとべと……」

稲葉【三歳】を起こさないよう声を絞《しぼ》りながら、桐山が文句を垂《た》れる。

「わたしもお風呂入りたいんですけど……。でも仕方ないですもんね、我慢《がまん》します」

永瀬【十一歳】は、年齢《ねんれい》の割りにとても大人びて分別《ふんべつ》のある少女だった。


意識が少し覚醒《かくせい》する。

頭がぼーっとして重い。

不測《ふそく》の事態が起こった時に備《そな》えるため、なるべく起きていようとした太一だったが、いつの間にか眠りに落ちてしまっていたらしい。

背中が痛い。

ごそごそと、誰かの動く音が聞こえる。

まだ完全に開かない目を擦《こす》り、太一は体を起こす。

つけっぱなしにしていたランタン型ライトの光が眩《まぶ》しい。

ライトの光源《こうげん》が届くギリギリの位置に、動く影がある。

白熱灯《はくねつとう》の明かりが、磁器《じき》のように透《す》き通ってなめらかな肌を照らし出す。

その白さは、光を反射して眩しいほどだ。

肩が描く曲線は優美《ゆうび》で、そっと撫《な》でたくなる美しさを持っている。

そのまますするりと視線を落としても、白くきめ細やかな肌は永遠に続くように思え、途中真ん中で一本のヒモを跨《また》いでも——。

「ん？」

思わず、太一は声を出してしまう。

「へっ？」

と、——上半身にブラジャーしか身につけていない永瀬が太一の方を振り返った。

「うねいっ⁉　太一ぃい⁉」

永瀬は手近にあったセーターを引っ摑《つか》んで体を隠した。

「み、見てない！　見てないからな！」

太一も慌《あわ》てて後ろを向いた。

永瀬がしゅるしゅると着衣する音を聞きながら、「見てない」という言い訳は、もう既《すで》に見ちゃった奴しかできない言い訳だよな、本当に見てなかったらなにもわからないんだし、などと考えていた。

「も、もういいよ。太一」

声をかけて貰って、改めて太一は永瀬と向かい合う。

「今……元に戻ったのか？」

「うん、起こしちゃってゴメンね」

永瀬はさっきまでの、子供になった自分が着ていた服を畳《たた》む。

「わたし……何歳になってた？」

「【十一歳】、だな」

「……【十一歳】か。どう、だった？」

永瀬は、畳んだ服をやたらと綺麗《きれい》に整えている。

「凄くしっかりもので……、よくできた子……って感じだったけど」

正解を手探りしながら、太一は答える。

「よくできた子……、か。そう見えるんだ……」

そうじゃないと、言いたいのだろうか。

「……話は変わるけどさ、今日の唯《ゆい》と青木……凄かったよね」

「ああ……凄かったな」

凄かった。

それ以上の言葉を加えようと思わないくらいに、凄かった。

「凄くて……凄くて……。わたしじゃ一生追いつけない気がして……」

「……俺も同じようなこと、……少し思った」

あれだけ圧倒的《あっとうてき》なパワーを見せつけられると、流石《さすが》に。

「太一ですらなんだ……」

「『すら』って。まるで俺が凄い奴みたいな言い方だな」

「だってそうじゃん」

永瀬は真顔だった。

「全然そんなこと……ねえよ。俺なんて一人じゃなにもできないし……」

太一を見つめる永瀬の表情が、陰鬱《いんうつ》なものに変わっていく。

そこで太一は、はっとする。

前に進もうとしている桐山と青木に当てられて、なんで自分達が暗くなっているのだ。

そうじゃないだろ。絶対にそれは間違《まちが》っている。

「でもっ……」

太一は勇《いさ》んで言って、その後口をもごもごとさせる。

「ええと……でも……一人じゃ無理かもしれないけれど……、誰かと一緒なら色んなことができるよな。……青木と桐山も、たぶん二人だったから、ああなれたんだと……思うし」

なんとか着地には成功する。

「『誰かと一緒なら』……か」

目を伏せて、己に言い聞かせるように永瀬は呟いた。

「あの、それで――」

「つーかなに話し込んでんのってやつだよね。寝られる内に寝とこうぜぃ。……う～布《ふ》団《とん》からずっと出てると寒っ！」

さっと話を打ち切って、永瀬は立ち上がった。

弱く、微笑《ほほえ》む。

儚《はかな》く散りそうで、その分だけ美しかった。

永瀬は自分の寝床に戻り、もぞもぞと毛布を被《かぶ》る。

外に漏《も》れる光が最小限になる場所に設置された、ランタン型ライトの照らす室内は、薄暗く肌寒い。

その室内に、永瀬と、桐山と、青木と、稲葉【三歳】が横になっている。

暖《あたた》かさを少しでも確保しようと、皆、体を丸めていた。

心細そうにも、見えた。

急に、部屋の隅《すみ》の暗がりがこちらを飲み込もうと迫ってきた気がした。

黒いなにかが、太一の体を肝《きも》から冷やす。

自分達は、どうなってしまうのか。

このままの状態では家に帰ることはおろか、人のいるところにはどこにも行けない。

買ってきた食料で明日中くらいは持つが、その後の先行きは不透明だ。なにせ手持ちの現金が限られている。ストーブ用の石油だって買い足さなければならない。入浴《にゅうよく》はどうする。下着の替えはどうする。

この場所にいられなくなったら、どこに行く。

家族への説明はどうする。

学校が始まってしまったら、どうする。

逃げるのか。どこへ？

自分達は、生き延びることができるのか。

その質問に、太一ははっきりと答えることができない。

そして、この事態を招《まね》いたのは——自分なのだ。

甘かった。全てにおいて甘かった。

なぜ〈二番目〉との『約束』を守り切らなかった。

稲葉に強引に迫られたからか。どうせ『もう終わる』と言われていたから大丈夫だろうと思ったのか。

どれも、言い訳にもならない、言い訳だ。

だいたい自分は、言い訳する資格すら持ち合わせていない。

だって自分には、〈二番目〉との『約束』を守ろうと決意した覚えも、ないのだ。

ただ決断もせず、だらだらと流されるままになっていただけだ。

重い役割を与えられていたにもかかわらず、だ。

問題に、自分は真剣に向き合っていただろうか。

どういう行動を取るべきか真面目《まじめ》に考えただろうか。

ただ無理だからと、初めから諦《あきら》めてはいなかっただろうか。

なんの努力もしなかった自分には、現状を嘆《なげ》く権利すらない。

責任に怯《おび》えて。無力なことを言い訳にして。

傷つく人間を見たくないと人の問題に首を突っ込むくせに、難題を与えられると逃げ出してしまう。

情けないと、思った。

他の皆なら、もっと上手《うま》くやったかもしれないと思うと、悔《くや》しかった。

けれど今更《いまさら》いくら後悔《こうかい》したって、——人は過去には、戻れない。

稲葉【三歳】が寒がらずに安らかに眠っているのを確認してから、太一も自分の毛布にくるまる。

何枚にも重ねた毛布の下からでも、コンクリートの冷たさが身に染みた。

日が昇って、また沈んでいく。

全てをアトランダムにされてから、二度目の夜が訪れようとしている。

一日の中で、『時間退行』は幾度となく起こった。

「だから今、お金持ちの友達が別荘《べっそう》に連れてってくれるって言うから……え？　じゃあその人を出せ？　それは……あ……山の中だから電波が……」

桐山は電話を切ると、そのまま携帯《けいたい》の電源までオフにした。どんよりと暗い顔をする。

「……不味《まず》いわ。このままだと捜索願《そうさくねが》いを出されそうな勢いよ……」

「というか桐山……、なかなか無茶な言い訳してるな……」

そう言う太一も、どっこいどっこいな誤魔化《ごまか》しをしている訳だが。

部屋の空気は冷たく淀《よど》んでいる。

燃料節約《ねんりょうせつやく》のためにストーブは切ってあった。

ぎゅるり、太一の腹が鳴った。こんな状況でも腹は減るものだ。

髪《かみ》に手を通すと、少しべたついた。

肉体的にも精神的にも、刻々《こくこく》と追い込まれている。皆の顔色もくすみがちだ。

本当はもっと切羽詰まっていてもおかしくないのだろう。でもみんながいるから、持ちこたえてはいる。

けれどそれも、どこまで耐え切れるか。

「……じゃあ全員揃《そろ》っている内に話し合いの続きだ」

稲葉が皆に呼びかける。

いつもより声が小さい。疲れがはっきりと見える。

今『時間退行』状態にある者はいなかった。

「まずさっき言ってた誰かに助けを求める案だが、それはギリギリまで使わないでおこう。他の人間を、この最低な現象に巻き込むのは避けたい」

全員が、頷《うなず》いた。

「……ごめん」

同時に太一は謝ってしまう。

「だからもういいって言ってんだろうがバカ。……で、現状アタシ達にできることは見当たらない。つーことで、ひとまず明日の分の食料調達をしよう」

「……明日の分だけでいいの、稲葉っちゃん？　……もっと一気に仕入れちゃった方がよくね？」

午前中はまだ明るかった青木も、今は覇気《はき》がない。

「確かにリスクを減らすために、外出回数を絞るのはいいことだ。だが……、どんな事態が発生するかわからない以上、できるだけ現金を持っておきたいんだ」

「例えば誰かが病気しちゃったり……ってこと？」

桐山が尋ねる。

「そういうことだ」

今自分達は、生き死にの問題にまで直面している。

「じゃあ――」

「あ、ゴメンっ！　電話だ」

永瀬が素早い動作で携帯電話を耳に押し当て、席から離れていく。

「……はい、もしも——え？　う、うん。……えっ!?」

ぴたりと、永瀬が足を止めた。

「ちょっとお母さん!?　どうしたのお母さん!?」

切迫《せっぱく》した様子で永瀬が叫ぶ。

雲行きが、怪《あや》しい。

「待って……お母さ——あっ！」

一度耳から携帯電話を離して、永瀬はボタンを何度も押す。

だが繋《つな》がらないようだ。

永瀬の体が、小刻《こきざ》みに震《ふる》える。

「……どうしよう……」

真っ赤な目で、永瀬は弱々しく呟いた。

永瀬がとても言いづらそうに、ぽつぽつと冬休み中にあった出来事を説明し始める。

ある日唐突《とうとつ》に、永瀬の二番目の父親——永瀬が暴力を振るうタイプだと称していた男が、永瀬の家を訪ねてきたらしい（永瀬の家庭環境を詳しく知らなかった桐山と青木は心底驚いていた）。

元父親であるとは言っても、永瀬はその後も三人の父親を経《へ》てきており、今となっては連絡を取らないどころか、連絡先さえ知らない状態だったようだ。

しかし、どこをどう辿《たど》ってきたのかはわからないが、その男は永瀬の家にやってきた。

「……言っても元夫な訳だし、とりあえず家くらいには入れようかってなって」

するとそのまま、男は永瀬家に居座ってしまったらしい。

「初めは家の手伝いなんかもしてくれてたから……、真面目にやり直したいのかなとかも思ったんだけど……、だんだん……なにもしなくなって、そのくせ酒代よこせだとかは言うようになって……」

しかも日に日に、横暴《おうぼう》さ加減は増しているという。

手を出してまではいないが、酔い出すと物を投げる、だとか。

それを聞いた瞬間《しゅんかん》、太一の視界がぐらりと歪《ゆが》んだ。

そんな大変なことになっているのに、自分はどうしてなにも気づけていなかったのか。

現象に巻き込まれた訳でもなく、皆を守る責務《せきむ》も持っていたはずなのに。

「なんだその絵に描いたようなダメ男は……。とっとと追い出しちまえよ」

稲葉が腹立たしげに呟く。

「……やり直せるかもしれないと、思ったんだ」

永瀬は言う。

「わたし……時々思ってたんだ。あの時わたしがもっと違うやり方をしていたら、なにもかも変わっていたんじゃないか、って」

過去を、やり直せるとしたら。

「だってわたしの取らなかった選択肢《せんたくし》が、数限りなくこの世にはあるんだから、って」

この世は、二度と選び直せない選択の連続だから。

「……でも、やっぱり……わたしには上手くやれなかった、みたい。さっきもお母さんから……『今は帰って来ちゃダメ』って……」

上手く、やる。

永瀬は、どんな風に上手くやろうとしていたのだろうか。

「かなり……危なそう？」

控《ひか》えめに桐山が尋ねた。

「……わかんないけど、……もしかしたら」

「なんで……、今まで言わなかったんだ？」

改めて稲葉が聞く。少しだけ怒っている口調だった。

「それは……わたしの問題だしさ」

「そうかもしれんが――」

「ゴメンっ！」

永瀬が突然立ち上がって携帯電話を取り出した。

後ろを向いて電話に出る。

「もしもしっ！　お母さ――」

永瀬が凍《こお》りついたように固まった。

「……お……父さん……」

永瀬は、その男のことを、『お父さん』と呼んでいるようだ。

「……うん、あっ、はい……はい……え？」

永瀬の声色が急変する。

「待って！　そんな！　おと――」

携帯電話を耳に押しつけたまま、永瀬は微動《びどう》だにしなくなった。

数秒、経《た》つ。

ゆっくりと、永瀬は携帯電話を閉じた。

皆、黙《だま》りこくって声を出さない。

声を出せないほど、永瀬からはただならぬ気配《けはい》が漂《ただよ》っている。

振り返った永瀬は、――泣きそうで壊れそうな顔をしていた。

「どうしよう……どうしよう……どうしよう！」

頭を押さえて、その場にへたり込む。

「どうしようっ!?　今すぐ家に帰らないと……でももし途中で『時間退行』が起こったらっ!?　みんなに迷惑《めいわく》がかかるっ！　そんなのダメ！　でもそれじゃあ……！」

見たこともないほど、永瀬は狼狽《ろうばい》していた。

「落ち着け永瀬っ」「伊織《いおり》」「い、伊織っ」「伊織ちゃんっ」

太一が、稲葉が、桐山が、青木が声をかける。

しかし永瀬に声は届かない。

どこかのたがが外れてしまったようだ。

「永瀬っ！」

太一が駆け寄って、肩を抱く。

「どうしよう……わたしが行かなきゃ……でも行けない……みんなに迷惑をかけるなんてできない……！　けど行かなきゃ……！　どうしよう!?」

脆《もろ》くて、崩《くず》れそうだ。

太一も釣られてパニックになりかけ——それじゃダメだとなんとか耐える。

自分が守らなければと思う。

守りたいと、思う。

永瀬の頭の中は、今たぶん色んな思いが交錯《こうさく》してぐちゃぐちゃになっている。

だから太一はシンプルに聞く。

「永瀬はどうしたいんだっ？」

それがわからなければ始まらない。

「知らないよ……わかんないよ……！　もうわかんないよ……！」

ただただ永瀬は首を振る。

——次の瞬間太一の手から永瀬がすり抜けた。

一瞬、なにが起こったのかわからなかった。

だがよく見ると、目の前には小学校低学年くらいの永瀬がいた。

『時間退行』だ。

しゃがみ込んでいた子供の永瀬はなにも言わずに立ち上がる。ずれそうになる服を無理矢理引き上げ、まくり、扉《とびら》の方にとてとてと歩き出した。

「どこ行くのっ⁉」

訊いたのは桐山だった。

立ち止まって、子供になった永瀬が顔をこちらに向ける。

「お家《うち》」

「ど、どうして⁉」

次に太一が尋ねる。


「お母さんをまもるの。わたしが上手くやると、お父さんはきげんがいいから」

純粋で透明で穢《けが》れを知らない水晶のような瞳《ひとみ》が、目映《まばゆ》いばかりの光を放っていた。

神々《こうごう》しいとさえ感じた。

「……なんで伊織ちゃんが守らないといけないの……？」

稲葉が訊く。

「お母さんのことがすきだから」

それが理由で、それが全てだ。

迷いなんてない。

ただ自分の感情に忠実《ちゅうじつ》だ。

圧倒されてしまう。

たぶん子供は、大切なことを知っている。

自分達なんかより、ずっと。

「うにっ……!?」

突然、小学校低学年くらいの永瀬が体を押さえ、――元の永瀬に戻った。

「あれ……わたし……えっ？『時間退行』……？」

困惑《こんわく》の表情を浮かべながら、まくり上げられた服を直す。

「……え、どれくらいの時間が経った？」

「いやほんの……、一分とか」

太一が答える。

「あ……それで……わたしはっ……わたしは……？」

惚《ほう》けた顔で、永瀬は呟く。

「思い出した……」

ぽろりと、永瀬の瞳から涙がこぼれ落ちた。

「あれ……なんで？」

苦笑しながら、永瀬はぐいと目元を拭《ぬぐ》う。

服の袖《そで》に顔半分を埋め、しばらくじっと動かなかった。

そして、顔を上げる。

なにかを決断した表情をしていた。

「……ごめん。わたし、一旦家に帰るよ」

その立ち姿が美し過ぎて、永瀬が動き出すまで行動を起こすことができなかった。

「……待てよ永瀬っ！」

慌てて太一は永瀬の肩を摑んだ。

「バカだってわかってるよ……。でも行かなきゃ。……ゴメン」

「伊織……」「伊織ちゃん……」

桐山も青木も、なんと言っていいかわからないようだった。

「みんなのこと凄く大事だよ……。わたしの都合なんかで危険にさらしたくない……。

でもわたしには……他にも大事なものがあるんだ。守りたいものが……あるんだよ」

涙で満たされた目が、その思いがどれだけ真実であるか伝える。

この世には大切なものがたくさんある。

この世で大変な目にあっているのは自分達だけじゃない。

「みんなに迷惑は絶対かけない。わたし一人でなんとかするから」

「あっ」

己の手を振り切ろうとする永瀬を、太一は止めることができなかった。

今永瀬の家には昔の父親が居座っている、らしい。その父親のせいでなにか大変なことが永瀬家で起こっている、らしい。それを止めるために永瀬は行く必要がある、らしい。『時間退行』が起こっているからと躊躇《ためら》っていたがそれでも行かなければと決心した、らしい。

展開が早過ぎる。どう対応すればいいのかわからない。

そうこうする間に、永瀬は母親のために一人で行ってしま――。


「待ちやがれこの大バカ野郎《やろう》っっっっっっ！」


殺気だった怒声を稲葉が上げた。

「なに一人で勝手な真似しようとしてやがるんだクソがっっっ！」

鬼気迫《ききせま》る表情で走っていって永瀬を止める。

文研部全体のために一番考えてくれているのは稲葉だ。

リスクを考慮《こうりよ》して最善の判断をし、皆を守ろうとする稲葉にとって、永瀬の行動は許《きょ》容《よう》できるものでは――。

「昔お前は失敗したんだろっ!?」

稲葉が叫《さけ》ぶ。

「昔……失敗……？」

稲葉の剣幕《けんまく》に永瀬が戸惑《とまど》っている。

「今もまたお前が苦しんでることだよっ！　なんで昔失敗したかわかってるのか!?」

稲葉が突いたのは、永瀬に今も残る、過去の傷だ。

「なんで……なんで……って」

稲葉の気迫《きはく》に押され、永瀬はうわごとのように言葉を漏らす。

「誰にも言わず誰にも頼らず一人でやろうとしたからだろっ！　どうしてそれさえわかってないんだよテメエはっ!?」

「わたしは……わたしは……」

「今も一人でやろうとして取り返しがつかなくなって喚《わめ》いて、かと思ったらまた一人で突っ走ろうとして……それで上手くいくと思ってんのか!?」

「そんなことやってみないと……いや、やらなきゃ――」

「周りを見てみろよっ！　……今お前の周りにはなにがあるっ!?」

永瀬が視線を巡らし、稲葉を、太一を、桐山を、青木を順繰《じゅんぐ》りに捉《とら》えていく。

永瀬の瞳が、一段と大きく揺れる。

「でも……これはわたし個人の……家の問題で……」

「ふざけ――」

「ふざけるなよっ！」

稲葉に被せて叫んだのは誰だと驚き――それが自分の口から発された言葉だと気づき更に驚いた。

全員の視線が太一に集中する。尻込みしそうになる。が、自然と口は動いていた。

「確かに問題自体は俺達には関係なくても……、普通は他人が口を挟むことじゃなくても……、永瀬がそれだけ苦しんでるなら、もうそれは俺達の問題でも、あるぞ」

大切な人が、苦しんでいるのだから。

「まあ……お節介《せっかい》過ぎるとは思うけど」

「その一言はなくていいんだよ、ここでは」

びしっと稲葉に肩を叩《たた》かれる。

不機嫌《ふきげん》そうな口調だったが、稲葉はにやりと太一に笑いかけた。

よく言った、と言われているような気がなんとなくした。

「『不安があるなら言え』、『なにも言わないでバカなことをするな』……どっちもお前がアタシに言ったことだろ？　問題があるなら教えてくれないと、アタシに悟《さと》れることなんて限られてるんだ」

優しく包み込むように、稲葉は続ける。

「今のお前には頼れる仲間がいるだろ？　それを……忘れるなよ」

この世には一人の人間ではできないことがあって。

そのために誰かの周りには誰かがいて。

「あたしもいるわよ伊織っ！」

「オレもいるぜ伊織ちゃん！」

桐山と青木が言って。

「俺も……いつだってお前の側にいるぞ」

太一も続けて、言った。

更に稲葉が付け加える。

「頼ることのできる、助けを求めることのできる、そしてそうされることをなんの負担《ふたん》にも思わない、そんな仲間が周りにいて、……お前はどうするんだ？」

稲葉が永瀬に迫る。

友達とは、仲間とは、どんな存在であるのか。

「みんな……みんな……」

表情を忘れたように呆然《ぼうぜん》として、永瀬は呟く。

そして――。

「……えぐっ……うう……うぇ……」

永瀬が、幼《おさな》い子供のように、ぼろぼろと泣き出した。

顔をくしゃくしゃにする。手でぐしぐしと目を擦る。

「……もちろん、最終的に判断するのはお前だ。流石にアタシだって、他人の家庭の問題に無理矢理首を突っ込もうとはしないさ。越えちゃいけない線ってのはあると思う」

で、お前はどうするんだ、稲葉は軽い調子で聞いた。

それは、本当になんでもないことなのだと言うように。

それは、畏《かしこ》まらなくたって当たり前なのだから大丈夫なのだと言うように。

鼻を啜《すす》り、目元を拭い、永瀬が涙を止めにかかる。

その涙は、いつかどこかで流さなければならなかった涙なのだろう。

そんな風に太一は思う。

その涙が、永瀬の心を冷やすものではなく、こんなにも温《あたた》かいものとして流れてくれて、よかったと思う。

俯《うつむ》いたまま、永瀬が涙声で呟く。

「わたしはずっと……、それは……わたしだけでどうにかしなきゃならないことなんだって思ってた……」

そう考えるのも、間違いじゃないのかもしれない。

けれど自身の問題を、一人で解決しなければならないルールなんてこの世のどこにも存在していない。

「……それにわたしが失敗したことなんだから、尚更《なおさら》わたしだけでってなって……。だけど……今こんな大変な状態で……そんなところにわたしの問題が重なって……それで……だから……」

「伊織ちゃん、もっとシンプルでいいんだよ」

「そうよ伊織。伊織はたった一言、言うだけでいいんだから」

セリフを探しあぐねる永瀬に、光が照らされる。

永瀬にとっての灯台《とうだい》役を買って出たのは、青木と桐山だった。

昨日のことがあったせいだろうか。二人の言葉はとても重くて、とても眩しかった。

皆に導かれて、ついに永瀬が顔を上げる。

赤い目で、眉間《みけん》にシワを寄せて、零《こぼ》れようとする涙を我慢して。

やっとのことで、永瀬は魔法の言葉を口にする。

「…………助けて……くれますか」

仲間に言われれば、どれだけだって頑張れてしまうセリフ。

昔、一人でなんとかしようとしてできなかった少女が、今、周りに助けを求めている。

誰も返事をしない。

返事をするまでもないからだ。

「おい、伊織。詳しくはどういう状況なんだ？　とりあえずお前は家に帰れさえすればいいのか？」

頼りになるブレーン、稲葉姫子《ひめこ》は、早速次の行動に移っていた。

「え……？　あ……行ってみないとわかんないことが多いから……」

「わかった。一人で行くのは絶対にダメだな……。なら二・三に分ける？　いやそれならむしろ——全員で行くぞっ！」

「「「おうっ！」」」

太一と桐山と青木のかけ声は、寸分のズレもなくぴったりだった。

五人は永瀬家を目指してひたすらに走った。

電車もタクシーも使わないもとい使えない。

密室では『時間退行』が起こった際、誤魔化しが効《き》かなくなる。

なるべく人気の少ないところを狙って走る。

まともなプランを練《ね》る暇などなかった。

誰かに『時間退行』が起これば、その都度状況に応じてどうするか考える。そうとしか決まっていない。

永瀬が電話を受けてから、相当の時間が経っている。

休憩《きゅうけい》を入れている余裕はない。

走る。走り続ける。

『時間退行』が起こらないようにとただ願う。

一秒でも早く目的地に辿り着き、一秒でも早く問題を解決しようとする。

「くうっ⁉」

途中、稲葉が胸を押さえてうずくまる。

「稲葉ん大丈夫!?」「稲葉！」

永瀬と太一が口々に叫ぶ。

「熱っ……これは——」


その時、突然稲葉の体積が変わる。


「待ってよ！　嘘《うそ》でしょ!?」

永瀬が慌てて小さくなった稲葉を、体で覆《おお》い隠すようにして抱く。

幸い、暗い道で近くに人の気配はなかった。

「いな……姫子ちゃん何歳？」

永瀬が聞く。ついでに腕や足の余った裾《すそ》をまくってあげる。

「……十二歳」

「はぁ……はぁ、小六か……。連れて行くのは少し厳しそうか……？」

太一は考える。二回りほど小さくなった稲葉【十二歳】は着ているコートの裾を余らせ、動きにくそうにしている。体力も今より少なくなっているだろうし——。

「青木っ!?」

悲鳴のような桐山の声が上がる。

声のした方を向くと、青木の着ていた服だけが地面に残されていた。

「ちょっと!?」

桐山が青木の服を漁《あさ》ると、中から小さな子供が姿を覗《のぞ》かせた。

「うぇ……ひっく……」

「だ、大丈夫よ、泣かなくても！　寒いから出ちゃダメ！　じっとして」

服にくるめて、桐山が青木を抱きかかえる。

「わぅあー」

「ええとっ……いくつ？　言える？」

「あわえぃおー」

「だ、ダメ……まだ言葉を喋《しゃべ》れる前みたい……」

青木は【一歳】前後になっているようだった。

「どうしよう……わたしのせいで……どうしよう」

永瀬は軽くパニックになっていた。

「二人に『時間退行』……あたし達にも起これば……その前に外で二人が元に戻っちゃうと……ああ……」

桐山も同様だ。

心臓の鼓動《こどう》が、嫌な感じに高まる。

胸が気持ち悪くなって、吐き気が込み上げる。

嫌な想像に、妄想《もうそう》に飲み込まれそうになって、太一は自分の手の甲《こう》をつねった。

冷静になれ、と言い聞かす。

目を逸《そ》らしたい逃げ出したい事態であるほど、真正面から対峙《たいじ》しなければならない。

失敗した時の被害が大きいものほど、勇気を持って決断しなければならない。

自分は、失敗して危機的な状況を生み出してしまった。

同じ過ちを、繰り返すな。

今度こそ覚悟《かくご》を持って、最善だと思う道を逃げずに探せ。

「……桐山、稲葉と青木を連れてビルまで戻れるか？」

それが自分の思いつく、最善の選択だ。

「え？　あたし一人が連れて帰るの？」

「そうだ、そして俺と永瀬で、永瀬の家に向かう」

「でっ……でもそれで唯に『時間退行』が起こっちゃったら……。わたしと太一だって同時にならない保証《ほしょう》は……」

永瀬が言う。

博打《ばくち》なのは、わかっている。

太一はじっと桐山を見つめた。

桐山も鋭《するど》い目で太一を見つめ返し、自分が抱きかかえている青木【一歳】をちらりと確認した。

「わかった。太一の案でいきましょ」

「ゆ、唯……」

「そうと決まったら、さっさと行動よ」

迷いなく桐山は動き出す。ぎゅっと稲葉【十二歳】の手を握る。

「い……姫子ちゃん」

屈《かが》んで、太一は稲葉【十二歳】と目を合わす。

「もしもの時は……頼んだ」

事情もわかっていない十二歳の少女になにを期待しているんだ、と言われそうだが、たとえ【十二歳】でも稲葉はなんとかしてくれるはずだ。

稲葉【十二歳】は、黙ったまま、こくんこくんと二度頷いた。

「頼んだわよ太一！　伊織も頑張って！」

桐山は、大人サイズの服にくるまった青木【一歳】を片手でしっかり抱きかかえ、もう片方で稲葉【十二歳】を引き連れて走っていった。

「ごめん……わたしのせいでこんな……。みんなを巻き込んで……」

消え入りそうなほど小さくなって、永瀬が震える。

「気にするな。俺の家族がピンチになってても、たぶん同じ行動をとってたさ。とにかく、急ごう」

「はぁ……はぁ……っ、ついた。ここだよ」

「ここが……はぁ……永瀬の家、か」

永瀬が差したのは、年季《ねんき》が入った二階建てのアパートだった。

「一階の一番端が、わたし達の部屋」

「それで……、永瀬。どういう状況で、お前はどうするつもりなんだ？　一緒に行った方がいいのか？」

「太一が一緒は不味いかな……。だから外で待っ――」

がしゃん。

ガラスか食器かが割れる音がした。

続けて、女性の悲鳴《ひめい》が上がる。

永瀬家からだ。

「お母さんっ！」

叫んで、永瀬が駆け出す。

なにかあっては危険だと、太一も後に続く。

「お母さんっ！　開けて！　伊織だからっ！」

どんどんと、永瀬は鉄製の扉を叩き、ドアノブをがちゃがちゃと乱暴に回す。

『うるせえんだよっ！　今開けるから黙ってろっ！』

ドアの向こうから、くぐもった男の声が返ってくる。酒で喉《のど》が焼けているのか、ひび割れた声だ。

「……お父さん……」

永瀬が呟く。

そしてドアが開く、――その瞬間だ。


今まであった永瀬の体が消失して、着ていた服が地面に広がる。


肝が冷えるどころではなく、肝が潰《つぶ》れた。

夢でも見ているのかと思った。

服の真ん中には、わずかながらぽっこりと固まりが残っている。

脳の処理は追いついていなかったが体は勝手に動いた。

永瀬の服と、その中にいる小さくなってしまった永瀬を抱き上げる。

太一は遮二無二《しゃにむに》その場を離れる。

後ろから怒声《どせい》。

誰かが追いかけてくる気配。

振り返って確認する余裕はなかった。

向こうはこちらを認識しただろうか。

『時間退行』した永瀬を目撃しただろうか。

なにもわからない。

とにかく、逃げなければならないと思った。

もしここで自分にも『時間退行』が起こったとなると、永瀬は、自分は、どうなる。

走りながら、太一は永瀬の頭を服の中から出してやる。

かなり幼い顔つきだ。

女性ものの服とそこから顔を出す小さな少女を抱いて走る太一に、道行く人から奇異《きい》の目線が向けられる。

ここまでにかなりの距離を走ってきていたため足はがくがくだ。全力を出しているのにスピードが上がらない。

走る。

肩をぶつけながら人を追い越す。

赤信号にぶつかって右折する。

前方から、自転車に乗った警察官がやってくる。

無意味に心臓が跳ねる。

目を逸らしつつ、そそくさと通り過ぎ――。

「君、どうし――」

声をかけられて太一は思わず逃げ出す。

目についた角を曲がる。

走る。

走る。
どうする。
どうなっている。
男は追いかけてきているのか。
警官は。
息が上がってくる。苦しい。とうに筋肉は悲鳴を上げている。
このままじゃダメだ。
どうにかしないと。
廃ビルに戻るべきか。
でもそうなったら永瀬の母親は。
『時間退行』が頻発《ひんぱつ》している。
桐山の方は大丈夫なのか。
どこを走っているのかさえわからない。
人気の少ない方に向かう。
酸素《さんそ》が足りない。冷静に頭を回す暇もない。
ここまでなのか。
——自分は選択を、間違ったのか。
——異なる選択肢を取るべきだったのか。

でも、もうやり直すことはできない。
細い路地に入る。
進む。
そして。
行き止まる。
道が、ない。
後ろから足音が、迫る。
街灯《がいとう》に照らされた影が、伸びる。
半ば観念《かんねん》しつつ、けれど半分は打開策を見出せるんじゃないかと思いつつ。
ゆっくりと、太一は振り返る。

そこにいたのは、山星高校《やまぼしこうこう》一年三組担任、兼文化研究部《ぶんかけんきゅうぶ》顧問《こもん》、後藤龍善《ごとうりゅうぜん》だった。
闇に溶け込むように覇気《はき》がない。生気がない。
目は、半分ほどしか開いていない。
それは、太一達を異常な世界に招き入れた、——〈ふうせんかずら〉だった。
「いやいや……皆さん……なかなかしんどそうなことになってますねぇ……」
気怠《けだる》げで、ダラダラとした話し方だ。

改めて見ると、〈二番目〉とは雰囲気《ふんいき》が似ているようで、明らかに違っている。

「うぇ……うぇ……」

嫌な気配を感じ取ったのか永瀬がぐずり出す。

「なんで……今になって……まさか……やっぱり黒幕《くろまく》はお前なのか？」

「いやいや……そんなことないですって……。……あれ？　知ってるんじゃないですか、八重樫《やえがし》さん……」

どこまで、信じていいのか。

「じゃあなんで出てきたんだ……？　そして……〈二番目〉は……」

「ああ……じゃあ先にやることをやっておきましょうかねぇ……。ああ……よく働いているなぁ……」

突然、腕《うで》ががくんと折れるほど重くなった。

「なっ⁉」

見ると、永瀬が元の姿に戻っていた。支えきれず、地面に転がしてしまう。

「ちょ……なに⁉　えっ、簀巻《すま》き⁉　……じゃない腕が袖に通ってない！」

ごそごそと永瀬が服を着直して立ち上がる。

「太一……今どうなって……ごっさ……あっ」

後ずさった永瀬が、太一の体にぶつかって足を止める。

「……〈ふうせんかずら〉……」

肩を震わせながら、永瀬は呟く。

「とまあ……こういうことなので……」

「こういうことって……、どういうことなんだよ？」

相変わらず、説明不足が酷《ひど》い。

「ああ……この現象を終わらせてあげた……ということですよ」

「終わらせた？」

「そうです……。もしかしてまだ続けたいんですか……？　なら続けさせても……よくないですねぇ……それは。面倒臭《めんどうくさ》いですから……」

「なに、『時間退行』が終わるの？　え？　わたしどうなってたの？　ていうか今どうなってるの？」

太一の隣で永瀬は困惑《こんわく》気味だった。

「へえ……皆さんはそう呼んでるんですね……。まあ……こちらの意図《いと》せざる現象だったので……終わらせただけの話なんですけど……」

「意図せざる……？　じゃあ〈二番目〉はなんだったんだ？　お前との関係は？」

「……説明が面倒臭いですねぇ……。まあこっちも一枚岩じゃなくて……、奴には奴なりの『面白い』があって……。ああ……もうこちらには干渉《かんしょう》してこないようにしたので、二度と現れることは——」

太一の質問に答えかけたところで、〈ふうせんかずら〉は動きを止めた。

「ああ……この手の話は無視しちゃっていいのに……つい答えちゃった。……ああ、もうやめましょう……そうしましょう」

結局、いつも通りにきちんと回答しない。

「とにかく終わらせましたんで……皆さんにもよろしく……」

「よろしくって……。そっ……それよりお母さん……。太一、どうなってるの？　家の前まで行った……のは覚えてるんだけど」

「永瀬が『時間退行』してすぐ逃げたから……。急いで戻った方がいいかもしれない」

「……わかった」

「ああ……そうだった……。やること忘れるところだった……。ねぇ……永瀬さん？」

「な、なに？　今は……構ってる暇ないんだけど？」

警戒心《けいかいしん》を露《あらわ》に、永瀬はトゲのある口調で返す。

「永瀬さんにとって……、非常に喜ばしいかつ好ましい話だと思うんですよねぇ……」

こちらが慌てていても、〈ふうせんかずら〉は素知らぬふりで自分のペースを貫《つらぬ》く。

胸がむかついてくるほどにじれったい。

「用があるなら言えよ」

「ああ……八重樫さん、そんなにかっかしてもどうにもならないですから……。というか……、八重樫さんは関係ないので……黙ってて貰えますか？」

後藤の姿でありながら、異質の魂《たましい》を宿らせたその未知なるなにかが、漆黒《しっこく》の瞳で太一を捉える。

理由もわからず太一の体が粟立《あわだ》つ。

ただ本能的に、体が嫌悪《けんお》を示した。

「もう今更……どうにもならないって……わかってるんでしょう永瀬さん……?」

「なに……が?」

「今から……どうにかしようとしていることですよ……」

〈ふうせんかずら〉は、どこまでのことを知りうるのか。

「お母さんと……お、お父さんのこと?」

「ああ……あなたはそう言うんですね……」

まるで、その言い方は正しくないと言うような、言い様だ。

「どうにも……、ならないなんてことは……」

「……もうやり直しがきかないと思っているのは……あなたじゃないですか……?」

そう指摘《してき》され、永瀬は心臓を貫かれたような顔をする。

血の気が、引いている。

倒れそうになったら支えなければ、と太一は横で身構える。

「……やり直したいですか?」

それは、乾《かわ》いていて抑揚《よくよう》もないのに、甘美《かんび》さを孕《はら》んだセリフだった。

食虫植物が獲物《えもの》をおびき寄せる、蜜《みつ》のような。

ダメだとわかっていても、近づいてしまうような。

「今回は……こちらの不手際で……随分《ずいぶん》ご迷惑をおかけしたと思ってるんですよ……？　だから借りをチャラにするために……一つおみやげ……サービス……恩返し……は違うな……。とにかく、一ついいことをやってあげようという、僕からの……お返しです」

そんなことをするくらいなら、もう初めから関わってくれるな、と太一は思う。

「それで永瀬さん……こちらにはそれができるんですけど……やり直したいですか？」

「……やり直すって、なんなのさ」

「だからやり直すんですよ……。今までのことを……、なかった、ことに、して。あなたの望む……ところから」

「なっ、まるで過去に戻って人生をやり直せるみたいな……、そんなことといくらなんでも、……できる訳ないじゃん」

笑い飛ばそうとして、けれどそれに失敗して、永瀬は口角《こうかく》を変な形に曲げる。

「……できる訳……ないでしょ？」

もう一度、尋ねる。

〈ふうせんかずら〉がにぃっと口と口周りの頬《ほほ》だけを動かす。

笑っている。

顔の他の部分は動かさず、笑っている。

「まさか……過去をどうにかできるなんて……確かにそっちは、わたし達を『過去の姿に戻す』ことができるみたいだけど……」

そう、奴らは人を過去の姿に戻すことさえできる。

ならば、人を過去に戻すことは？

変えられないはずの過去が、変えられるならば。

一度選んだ分かれ道を、選び直すことができるならば。

「やり直したいですか？」

〈ふうせんかずら〉はまた、訊く。

どこかいつもより、力を込めて。

それだけで、その言葉の吸引力は何倍にも膨《ふく》れあがる。

「わた……しは……」

——わたしは、やり直せるのならやり直したいと思う。

——そして、もっと上手くやれるのなら上手くやりたいと思う。

永瀬の語った言葉が、はっきりと太一の脳裏《のうり》に蘇《よみがえ》った。

思えばあの言葉達は、永瀬が放った『助けてくれ』という信号だったのかもしれない。

でも太一はそれに気づかず、手を差し出すこともできなかった。

そして今、永瀬の前には、太一の手なんて目じゃないほどの超巨大な箱船が降り立っている。

後はただ、永瀬が「乗りたい」と言えば、それで、出航は可能だ。

行ってしまう。

永瀬がもう届かないところに、行ってしまう。

発せられた永瀬の言葉は、さざ波のように少しだけ騒めいていて、でも静かだった。

「わたしは……ちゃんとした自分でありたいと思うから……演じてしまう自分じゃなくて……自信を持って『自分』だって……言えるような」

それは、たぶんずっと願っている、永瀬の心からの望みだ。

「……自分が不幸だなんて、そんなこと言うつもりはないけど……ついてないなとは、ちょっと思う……。もっと違う……普通の人生が送れていたらって」

永瀬の過去が違っていたならば、永瀬は自分を見失わずに済んだ。悩まずに済んだ。影があって折れそうな、儚い美しさを持つ少女ではなく、ただきらめく少女であれた。

今も持つ光を、もっと強くすることができた。

「だから、わたしは……」

行くな、とは言えない。

やめろ、とは言えない。

どれほど永瀬が苦しんでいるか、知っているのだ。

そして、結局自分がなにもできないことも知っている。

「わたしは……」

思えば、これまで巻き起こった三度の怪現象は、全て永瀬を揺さぶるものだった。

そして揺さぶりきった後に提示された、選択肢。
まるで、全ての事柄がここに繋がるために存在していたようにさえ思える。
大きな渦《うず》の流れに飲み込まれて、太一はなにもできずに身を委《ゆだ》ねるだけだ。
ただ、委ねるだ——。
右手に、やわらかな温もりが広がった。
とくとくと、生命の息吹く音が全身に伝わってくる。
それは、溺《おぼ》れる人が無我夢中《むがむちゅう》で流木に摑《つか》まるような心情だったのかもしれない。
とにかく気づいた時には、己の右手が永瀬の左手を握っていた。
そして言葉が零《こぼ》れ出す。
「俺は、永瀬のことが好きだぞ」
「それ以上は黙って貰いましょうか八重樫さん」
あまり見ないほどの素早さで、〈ふうせんかずら〉が太一のセリフを遮《さえぎ》った。
少なくとも自分は、今の永瀬を肯定《こうてい》しているのだと、伝わってくれていれば。
永瀬は、小さく震えていた。
動作はせずに、ただ固まっている。
だがやがて、永瀬の手が太一の手を握り返した。
強く、強く、強く。
冬の外気の寒さも、〈ふうせんかずら〉が呼び寄せる薄《うす》ら寒さも、不思議と感じなくなった。

「だけど、わたしは、全ての過去があって今の自分になれたから。今までの自分の歩んできた道を否定すれば、今の自分を否定してしまうことになるから。それは、したくないから」


そのセリフは一直線に、どこまでも伸びていく。

「確かにわたしは……やり直したいと思うことがある。でもそれは、あくまでもう一度チャレンジしたいって話で、今までのことをなかったことにしたいとは、思わない」

失敗したことをなしにして、やり直そうとするか。

失敗したことは失敗したこととして受け入れて、やり直そうとするか。

それは似ているようで、天と地ほどの差がある。

やり直そうとすることと、過去をなかったことにするのには、決定的な断絶《だんぜつ》がある。

「昔のわたしも……確かにあれはあれで一生懸命《いっしょうけんめい》だったから、必死だったと思うから。そんな……真剣に生きた……あのわたしを消しちゃ……ダメだ。それは違う。……あれだけ全力で生きようとしている人間を見た後に、そんなこと思えるはずがないよ」

それは、青木と、桐山のことか。

永瀬は握る手にもう一度力を込めた。

「そしてなにより、わたしには、共に未来を刻《きざ》んでいきたいと思える人達がいるから」

どちらからともなく、指と指を絡《から》み合わせて手を繋ぐ。

「今の場所に居られるのは、これまで積み上げてきた過去があるからなんだ。そのどのピースが欠けたって、わたしはここにいない」

永瀬はそれだけ、自分達のことを思ってくれている。

「だから、過去をなかったことにしてまでは、やり直さなくていいです」

あり得《え》ないほど大きくて、強力で、圧倒的な破壊力をもって飲み込もうとしてくる異常な世界からの誘いを、永瀬は小さな体できっぱりと拒絶した。

永瀬はそれを、やり遂《と》げた。

はっきりと「ノー」を突きつけられた〈ふうせんかずら〉は、なにも言わず突っ立っている。

いつもより、次のアクションに移るまでが長い気もする。

予想外の返答だったのだろうか。

「ああ……そうですか……」

残念がっているような、安堵《あんど》しているような、ほとんど判別できない微細な感情が、その短いセリフには乗っている気配がした。

「……拒否されたら仕方ないですねぇ……。じゃあ……もういいです……」

これで終わりだ、と言わんばかりに〈ふうせんかずら〉は首を振った。

永瀬が太一の方を向く。

目はさっきよりもずっと澄《す》んでいて、美しかった。

「じゃ、行こっか。太一」

「……おう」

手を放して、走り出す。

超常的な戦いは終わった。

でも次は、この世界の現実的な問題に向き合わなければならない。

二人は走る。

〈ふうせんかずら〉の横をすり抜ける。

そして、〈ふうせんかずら〉を置き去りにする。

二人は、〈ふうせんかずら〉を置き去りにして、走る。


現実世界の問題には、頼れる異能も奇跡《きせき》もない。

ただ愚直《ぐちょく》に無骨《ぶこつ》に懸命にやるしかない。

太一と永瀬の二人は、息を切らして再び永瀬家に帰ってきた。

どうなっているかと心配していたが、父親の方は一度出ていったきりまだ戻ってきていないらしい。「お金を引っ掴んで行ったからお酒でも買うつもりじゃない?」と永瀬の母親は言った。

そして今二人は、並んで座布団の上に正座している。

和室、目の前には小さな机。とても質素な部屋だった。

「……どうぞ」

部屋に入ってきた永瀬の母親が、温かいお茶を差し出す。

「あ、ありがとうございます。……頂きます」

飲まないと失礼かと思い、太一は湯飲みに口をつける。

その際ちらりと永瀬の母親の顔を窺《うかが》う。

まるで美術品のような人だな、というのが太一の印象だ。

薄く化粧しているだけで、芸術家が心血《しんけつ》を注《そそ》いだかのように美しい。

同時にどこか生活感がなくて、日常から乖離《かいり》しているようでもある。

表情の変化が少ない人でもあった。

それも作り物めいた印象を感じさせる一因《いちいん》だろう。

けれど今その頬に、殴《なぐ》られたような赤い痣《あざ》ができている。

「あの……こんなにゆっくりしてて大丈夫なの？」

永瀬が母親に向けて聞く。

着ている服は安っぽいのに、深窓《しんそう》のお姫様の如《ごと》き高貴《こうき》さが漂っている。

この人が普段どういう仕事をして、どういう生活をしているのか、全く想像できない。

「大丈夫よ、まだ帰ってこないと思うから。……たぶん」

「『たぶん』なんですね……あ」

思わずつっこんでしまい太一は慌てて口を閉じた。

永瀬の母親が太一の方を見る。

魅入《みい》られると戻ってこられない、そんな気がした。

「それで……どうしたの？」

永瀬の母親も太一達の正面に座った。

「えっと……その……」

永瀬が人差し指で頭を掻《か》く。なんと言えばいいか迷っているようだ。

「言ってくれていいのよ？」

永瀬の母親が言う。透き通った泉のような声だ。

全てわかっているんだと、そう言っているように聞こえた。

「赤ちゃんができたのなら、それはとてもおめでたいことなんだから」

「ぶっ!?」

太一はお茶を吹き出した。

「ちょ、ちょ、ちょ、ちょっとお母さん!? そんな・訳・ない・でしょ!?」

よくわからないが永瀬は手をぱんぱんと叩いた。

「あら、二人で駆け落ちしようとしたけどやっぱり挨拶《あいさつ》だけには来たんじゃないの？」

「違う違う違う違う全っっっ然違うっ！」

「そう」

顔を赤くして否定する己の娘を見て、永瀬の母親はこくりと頷く。

まさか桐山（妹）と同じ発想をされるとは……。少し変わった人のようだ。

しかし今のやり取りのおかげで、重々しい場の雰囲気が若干和《やわ》らいでいた。

「ごほん……。それで……あの……お母さん」

でもまだ言いづらそうに、永瀬は目を伏せて口を開く。

「なに？」

「……お母さんは今……あの男のこと好き？　……一緒にいて幸せ？」

「いいえ」

即答だった。

「へ？」と永瀬が顔を上げる。

虚《きょ》を突かれた表情をしている。

「え？　あ……、そうなの？」

「そうよ。もちろん、昔は好きだったこともあったけど。今は絶対に違うわ」

その辺の話題を親子で話したことはないらしい。

永瀬は、本当にたった一人で戦おうとしていたのだ。

「じゃあなんで……好きでもない男をずっと家に居座らせようと……するの？」

娘が母に、今までずっと聞けなかったことを尋ねる。

するとと永瀬の母親はあっさりと答える。

「伊織がなにか大切なものを取り戻そうとしている気がしたから。やり直したいという気持ちを、感じたから」

「え……わたし……が？」

「そう。違う？」

永瀬は半ば絶句《ぜっく》していた。

「ちっ、違うよっ！　……いや……、違わない、のか。わたしはやり直して上手くやろう、って思ってて……」

「でしょ？」

どこか永瀬の母親は得意気《とくいげ》だった。

「そうだけど……でもそれはお母さんのためのつもりで……」

「そうなの？」

「いや、結局はわたしのためなんだけど……。でもお母さんが望まないならそんなことしたいと思わないし……あれ？」

永瀬が首を捻《ひね》る。

「あれ？　じゃあどうしてわたしはこんなことして……？　あれ？」

もしかして、この親子……。

「……部外者が口を出して申し訳ないんですが、お二人って……もしかして、例の男性のことをどうするとかいう話……全くしてないんですか？」

太一が聞くと、二人の親子は同じタイミングで頷いた。

そりゃダメだろう、と太一は思った。

どれだけ心が通じ合っているか知らないがなんでもかんでも以心伝心《いしんでんしん》で済む訳がない。

「ええと……わたしはお母さんがあの男を簡単に招き入れて、しかも追い出しもしないからやっぱりやり直したいのかなって気がしてて……」

「私は伊織がやり直したがってると思ったから、嫌いな男だけどまあいいかって」

この親子は、お互いがお互いのためを思って行動しようとしている。

なのに、ボタンを掛け違えたせいで共に見当外《けんとうはず》れのことをやってしまっている。

もしかしたら二人は、一番大切なことを伝え合えていないのではないだろうか。

「なんで……お母さん……。あの男が嫌いなのに我慢して……？」

そう訊かれ、また酷くあっさりと永瀬の母親は答える。

「伊織。私はあなたが幸せでさえいれば、私自身はどうなってもいいのよ」

これが、昔、娘の都合を考えず好き勝手やって迷惑かけたと反省し、これからは娘が望むまま生きられるように頑張ると誓った女性の、覚悟か。

母親の心からの言葉に、今度は永瀬が心からの言葉を返す。

温かな涙を含んだ優しい音色だ。

「お母さん……。わたしはお母さんが幸せでいてくれないと……幸せになれません」

たぶんずっとずっと前から思いながらも、ずっとずっと伝えてこなかったこと。

それを二人が伝え合った。

二人はなにも言わず表情も変えず見つめ合う。

元から強かったであろう親子の絆《きずな》が、今まさに目に見えるほど強くなった。

一番大切なことを、ちゃんと口に出して、言ったから。

なんだか、『人の力に頼る』ということは難しいことだなと太一は思った。

どんなことだって最後に踏み出すのは自分だ。最後は自分が頑張らなければならない。

それは桐山唯も言っていたことで、確かに正しいことだと思う。

覚悟を決めて、自分の力でやらなければならない時もある。

しかしその決意が強過ぎると、——周りに助けを求めることはおろか周りの話を聞くことも忘れてしまう。

意志が強い人間であればあるほど、尚更。

どこまで人に頼るべきか、どこから自分の力でやるべきか。

その案配《あんばい》はケースバイケースなんだろうし、もっと言えば正解なんて存在しない。

だから人は色んな失敗をして。

だけどそこから色んなことを知る。

しばしの沈黙《ちんもく》の後、永瀬の母親が口を開く。

「じゃあ伊織は、あの男にいて欲しくないの？」

「わたしは……お母さんと二人で幸せにやっていけることの方が、大事だよ」

「そう」

すれ違っていた想いのベクトルが、一致した。

――その時を待っていたかのように、玄関の扉がどんどんと打ち鳴らされた。

『おいっ！　なに鍵《かぎ》閉めてんだよっ！　早く開けろボケがっ！』

ひび割れた、あの男の声だ。

「帰ってきた！」「どうする⁉」

永瀬と太一が口々に言って立ち上がろうとする。と、それよりも素早く立ち上がった永瀬の母親が二人の肩を力強く押さえつけて無理矢理に座らせた。

「これは、お母さんのやることだから」

「え……でもお母さんっ」

「大丈夫だから」

その時初めて、永瀬の母親が微笑んだ。

自分の娘を安心させるために、笑った。

その笑顔は優しくて、なのに強くて、永瀬も太一も動けなくなった。

永瀬の母親が玄関に向かい、鍵を解除し外に出る。

そして叫ぶ。

「今まで我慢してやってたけどテメエをここに置いてやる義理がどこにあるんだこのロクデナシがっっっっ！　とっとと出てけカス野郎っっっっ！　二度と家に近づくんじゃねえぞコラあああああ！」

母は、……もうびっくりするくらいに強かった。

□■□■□

——あの後永瀬の母親は、元夫を完膚《かんぷ》無《な》きまでに叩きのめした（どうしてそうなったのかは不明だが最終的に男は土下座《どげざ》して「もう二度とここには来ません」と誓《ちか》っていた）。

騒ぎにより迷惑をかけてしまったアパートの住人に対する謝罪《しやざい》も済ませ、問題は綺麗さっぱり解決した。

終わってみれば、酷く呆気《あっけ》ない。

というよりこの世にあるほとんどの問題は、酷く呆気なく解決できることなのだろう。

けれど、なんだかんだと遠回りしてしまって、人はその簡単な答えに気づけない。

太一と永瀬の二人は、並んで冬の町を歩いている。

手は、繋がれていない。

「つーか俺……今回なにもできなかったな……」

　はぁ、と太一は溜息《ためいき》を吐いた。

　最終的に収まりがついたからよかったものの、判断を誤《あやま》ってばかりだった。

「そうかな……？　太一、普通に活躍してるよ？　最後だって、太一が隣にいてくれたから、頑張れたもん。もし隣に太一がいなかったらって思うと……ぞっとする」

　自分は、結末を変えられるだけの『なにか』を与えられていたのだろうか。

「……だけど失敗して、最後も判断としては失敗だったし……」

「だーかーらー、そういうんじゃないんだよ。いや、そういうのもあるけど。……でも一番大事なことを、太一はやってくれてたよ。自然な流れの中過ぎて、気づいてないのかもしれないけど」

　一番大切なものは『当たり前』の中にあるのだよ、とおどけた調子で言ってくれる。

　もし本当に『当たり前』の中でそんなことができていたのなら、それはとても嬉《うれ》しい。

　少し気持ちが楽になる。反省はいいが落ち込んでなんになる。前を向かなければ。

　もうこの話は過去のこと。失敗は失敗。次に、どうするかだ。

　しかし一つだけ、振り返っておきたいことがあった。

「そういえば、永瀬があの男に言った最後の言葉なんだけど……」

「なんで、『ありがとう』かって？」

　あの男が街に消えていく時、永瀬は男の背中に「ありがとう」と頭を下げた。

「なんつーかさ」

永瀬はちょっと前方に走って、太一の正面に立ち塞《ふさ》がった。

「色々あったけど、あんたがいて、だから今のわたしがわたしであるんだぜ、じゃあもうとりあえず感謝しとけ～！　……みたいな風に思った訳ですよ」

それがどんなことであっても、全てが今の自分を構成している。

そう考えるなら、どんなことだって感謝すべきことかもしれない。

なかなか、本気で思えるようになるのは難しそうな気もするが。

「……まあ、本心でそう思えてるかって言ったら別だけど」

やっぱりまだ割り切れてはいないらしい。

「でも、恨《うら》んじゃえば立ち止まっちゃうから。許しちゃえば、前に進めるもん」

全てを許して受け入れて、永瀬は晴れやかな笑《え》みを浮かべる。

「本当に……みんなのおかげで、わたしはここにいられる。ありがとう、太一。本当にありがとう。……後でみんなにも言わなきゃね」

言い終えると、永瀬は前を向いて歩き始めた。

過去を振り切り、永瀬伊織は前に進む。

どんな街の明かりよりも、夜空に浮かぶ月よりも、その立ち姿はきらめいているような気がした。

終章

シンプルに言うだけで

離婚《りこん》した父親の家を訪《おとず》れていた三橋千夏《みはしちなつ》は、今日の午後の新幹線《しんかんせん》で今現在の自宅に戻ってしまうらしい。三橋の家で聞いた（そういえば親が離婚したので正確には三橋千夏はもう『三橋』ではないようだがとりあえずはおいておこう）。

急げ、ダッシュだ、まだ間に合う。

やり直せる、取り戻せる。

桐山唯《きりやまゆい》は全身全霊《ぜんしんぜんれい》を込めて走る。

遅過ぎる？

そんなことは気にしない。

もう、気にして立ち止まらない。

どんな状況だって、自分で足を踏み出せば、自分の体は前進する。

間に合う？

間に合え。

間に合わす。

そう、間に合わすのだ。

何者でもない、自分の力で。

走った。

走った。

ひた走った。

そしてついに——唯は去り行く彼女の後姿を捉《とら》える。

「三橋さんっ！」

呼びかけると、びっくりしたように肩を上げて、三橋千夏が振り返った。

「桐……山？」

ポニーテールが揺れる。

鋭角的《えいかくてき》な顔立ちできつそうな印象の彼女も、今はただ戸惑《とまど》った顔をしている。

「よ、よかった〜。……間に合って」

本当は大丈夫かちょっと……いや、かなり不安だった。

「な、なんなのよ。……あんたは空手《からて》をやめたんでしょ。……その理由を言う気もないんでしょ。それに関わるなって言ったくせに今更《いまさら》……」

「あの時はごめんなさいっ！　それから約束破《やぶ》ってごめんなさいっ！　ていうかそれ以外の色んなこともごめんなさいっ！」

三橋に対して、唯はしっかり頭を下げた。

悪いことをしたと思っている。

だからちゃんと、ごめんなさい。

前に進むための、ごめんなさい。

「あ、謝られても困るっていうか……」

複雑な表情で三橋はあっちこっちに視線をやり、再びもごもご口を動かす。

「……や、わたしも強引なところあったし……。なんか……親が離婚してこの町を離れて……その時に置き去りにしたものとかあって……。……それがわかんない内に桐山との約束に集約したというか……。じ、自分でもよくわかってないんだけど……」

きちんと思いをまっすぐ届けたからだろうか、三橋も心を覗《のぞ》かせてくれる。

「ってそんなことはいいのよ。……で、なによ？」

「あ、えっと……、三橋さんに伝えたいことがあって」

「だから、なに？」

「うん、あのね」

不機嫌《ふきげん》そうな表情を見せている三橋。でも、よく見るとどこかに期待している色が見て取れる。

よくよく見ると、だ。

「あたしまた……、空手を始めようと思うの」

「えっ⁉ なんで……また？」

あ、今一瞬三橋の口がにやけた。それを誤魔化《ごまか》そうとしたらしく横を向いた。

なんだ、怖い印象を持っていたけど、今見ればとっても可愛《かわい》い女の子じゃないか。

相手に真剣に向き合って相手の放つ信号を見ようとすれば、ちゃんと伝わってくる。

よし、じゃあこちらも真剣に伝えよう。

そうすれば伝わる。

伝われば、変わるはず。

「逃げてただけだって、思ったから。どうにかなるって、知ったから」

「……じゃ、じゃあ例の意味のわからない部活はやめて、空手部に入るか道場《どうじょう》に行くかするんだ？」

「文研部《ぶんけんぶ》はやめないよ」

「なんで……、あんな意味なさそうなことを……」

そう言う三橋は少々むっとしているように見えた。

「確かに、意味はあんまりないと思うわ」

自分で言って、唯は苦笑してしまう。

「でも意味はないんだけど、凄《すご》く大事な意味もあるんだ」

「……どういうことよそれ？」

「目に見えて意味がないからこそ価値があるっていうか、うーん……とにかく口では説明しづらいんだけど……」

この感覚を伝えるのは本当に難しい。感じてくれなきゃわからないと思う。

でもできる限り、言葉にしてみる。

「なんかね、すっごい輝いてるの、色んなものが。あの空間とか、みんなでやったこととか。それに、みんなといると自分も輝ける気がするの。きらきら、きらきらって」

うん、本当に。

眩《まぶ》しくって、暖《あたた》かくって。

それ自体に意味はあると思えなくても。

なによりも大切だと思えるもの。

「だから空手も文研部も、両方やる」

「……そんなことで、また強くなれるの？　いくら才能があるからって……」

「わからないよ。でも、あたしはそうしたい。だからそうする。頑張る。……言っとくけど、試合で当たっても三橋さんには負けないわよ」

自分の力で、『そう』するのだ。

できない？　知らない。

やれば、いい。

「それで、ね。あの……こないだ、三橋さんに勝負を挑《いど》まれて……」

「あ、あれはごめんっ！　道端《みちばた》で、準備運動もなしに立ち合えなんて――」

「だよねっ！　あんなのないわよね!?　だ、だからあれは無効試合《むこうじあい》よねっ!?」

「え？」

「あの勝負はノーカン！　いい、絶対よ！　だからまだあたしは三橋さんに、無敗！」

三橋にびしっと指を突きつけてやった。

ここは譲《ゆず》れない、譲っちゃいけない……と負けず嫌いの自分が言っている。

「あははっ、いいよ」

記憶《きおく》にある限り自分に対しては笑顔なんて見せてくれた覚えのない三橋が、笑った。

笑って、くれた。

どうしてだろう？

自分が変わったからか？

……ん、待てよ。一度だけ自分は三橋と笑い合った覚えがあるぞ？

確かあの時は――。

――わたしが勝ったらわたしのこと下の名前で呼んで、桐山。

――じゃああたしもそっちのことを下の名前で呼ぶから、三橋。

いつだったかはっきりしない。でも絶対そう言い合った。そして訳もなく笑ったはず。

忘れかけていた過去の気持ちを思い出す。自分は三橋と――。

……それにしてもなんて不器用な子供達なんだ。

三橋も、自分も。

二人とも負けず嫌いで意地っ張りで変に空手のライバルみたいな関係だったから、どうにも上手《うま》くやれなかったのだろうか。

たぶんお互いに言いたいセリフは、たった一つだったはずなのに。

似ているからこそ気になって、でも似ているからこそ近づき切れなくて。

今更――いや、今からでも。

気になって、いるのなら。

待っていたって、欲しいものは一つも手に入らない。

でも逆に欲しいと思えば、なんだって手に入る。

たとえそれが、過去に残してきたものだって、大丈夫だ。

もちろん昔のことだから、全部は昔のままにやれる訳じゃない。

でも、きっとやり直しのチャンスはあるのだ。

いや『ある』んじゃない、『作る』んだ。

作ろうと思えば、いくらだって作れるはず。

友達が欲しいのなら、友達が欲しいと言う。

して貰《もら》いたいことがあるのなら、して貰いたいことがあると言う。

したいことがあるのなら、納得がいくまでやる。

たぶんこの世の中は、とてもシンプルな構造《こうぞう》でできている。

本当に大切なものなんて、すぐ手に入る。

なにも難しくない。
変に理屈《りくつ》を考える必要もない。
というかたぶん、すぐに手に入るようなものが、本当に大切なものなのだ。
気づこうと思えば気づけるし、手に入れようと思えば絶対に手にできる。
必要なのは、ただほんの少しの勇気だけ。
だから、まず一つ目。
——自分はもう一度ここから始めよう。
「メ……メアド交換しよっ、千夏」「メ……メアド交換しよっ、唯」
彼女と、友達になろう。
……って、あれ？　今、三……千夏と被《かぶ》った？

＋＋＋

また深刻《しんこく》な事態に襲《おそ》われた訳だが、今回も皆で力を合わせて乗り越えることができた。
いやはや、本当に凄いことだ。
やっぱ文研部すげえな、と真面目《まじめ》に思う。
自分も、他の皆に『すげえな』と思われている気がする。
別にうぬぼれではなく、みんながみんなをそう思い合っている。

理想的な関係だ。
こういう感じで、自分はこれからもやっていくのだろうか。
だとしたら、それは――。
まあとにかく。
本当にみんないい奴で、色々と助けて貰ってばかりだ。
その中でも、特に太一《たいち》にはお世話になりっぱなしだ。
ありがたいと思うと同時、申し訳なさも感じてしまう。
太一は凄くいい奴だ。
いい奴なのだ。
いい奴なのだけれど。

自分は――永瀬《ながせ》伊織《いおり》は、本当に八重樫《やえがし》太一のことが好きなのだろうか。

最近やけにそう思う。

ココロコネクト　カコランダム　了

あとがき

本書を手に取って頂き、誠《まこと》にありがとうございます。

本作は『ココロコネクト』シリーズ三巻目（第一巻は『ココロコネクト ヒトランダム』、第二巻は『ココロコネクト キズランダム』です）となっております。

本書単体でも楽しめなくはない……のかもしれませんが、一応続き物ですので、先に前作、前々作をお読み頂いた方がより本書をお楽しみ頂けるかと思います。


という訳で、庵田定夏《あんださだなつ》です。

『ココロコネクト』シリーズも三作目を迎えました。

これもひとえに皆様《みなさま》の応援《おうえん》のおかげです。本当にありがとうございます。

もしよろしければこれからも応援してやってください！ ……と頼《たの》むのも変な話ですよね。

頑張《がんば》って面白い作品を書いていれば皆様も自然と応援してくださるでしょうし、面白くなければそりゃ応援しませんよね。

ということで庵田定夏はとにかく頑張ります！

頑張ってるな……というか面白い作品だな、と思ってくださったのなら引き続き応援よろしくお願いします！

　力の限り、庵田定夏はますますます驀進《ばくしん》します！

　話は変わりますが実はこの度《たび》、担当《たんとう》様から『ココロコネクト』の略称《りゃくしょう》を決めてあとがきに書け、との命《めい》が下りました。

　ということで私が様々な候補《こうほ》から絞《しぼ》りに絞って選び抜いた『ココロコネクト』シリーズの公式略称《こうしきりゃくしょう》を今ここで発表いたしましょう！

　それは――、

『ココロコ』です！　『ココロコ』です！　『ココロコ』です！　『ココロコ』です！　『ココロコ』です！　『ココロコ』です！　『ココロコ』なんです！

　どうですか！　たぶんしっくりこないんじゃないかと思って七回言ってみました！

　七回も聞かされたら自然と馴染《なじ》んできますよね？

　え、まだ足りない？

　なら今度は自分の口で七回繰り返してみましょう。

　ほ〜ら……、だんだん『ココロコ』に慣れ親《した》しんできて〜……、その他の『こっちの方がよくね？』っていう略称を忘れていって〜……、はいっ！　もう完璧《かんぺき》ですね！

「洗脳《せんのう》みたいなマネしないとしっくりこない略称ってどうなの？」とか言わない！

では謝辞《しゃじ》です！　冒頭《ぼうとう》でも述べましたが前巻から応援してくださっている皆様。皆様のおかげでこうして本作を世に送り出すことができました、ありがとうございます。

それから本作を出版するに当たってご尽力《じんりょく》頂いた全ての関係者の皆様（特に担当様）へ、心の底から感謝申し上げます。

そして白身魚《しろみざかな》様。

毎度毎度クオリティの高いイラストをありがとうございます。

本当に白身魚様あっての『ココロコネクト』だと思っております。

これからもよろしくお願いいたします。

最後に宣伝《せんでん》を。

ファミ通コミッククリアにて『ココロコネクト』の漫画《まんが》が始まります（本書をお読みになった時期によってはもう始まっているかもしれません）。是非《ぜひ》、ＣＵＴＥＧ先生の描く文研部《ぶんけんぶ》メンバーのことも覗《のぞ》いてみてあげてください！　よろしくお願いします！

それでは改めまして、本書を手に取ってくださった読者の皆様に最大限の感謝を。

二〇一〇年八月　庵田定夏

ちび青木好きです♥
ありがとうございました♪

■ご意見、ご感想をお寄せください。

ファンレターの宛て先
〒102-8431 東京都千代田区三番町6-1
株式会社エンターブレイン ファミ通文庫編集部
庵田定夏　先生
白身魚　先生

■ファミ通文庫の最新情報はこちらで。

FBonline
http://www.enterbrain.co.jp/fb/

■本書の内容・不良交換についてのお問い合わせ。

エンターブレイン カスタマーサポート　**0570-060-555**
(受付時間 土日祝日を除く 12:00～17:00)
メールアドレス：**support@ml.enterbrain.co.jp**

ファミ通文庫
ココロコネクト カコランダム
二〇一〇年一〇月一二日　初版発行
著　者　庵《あん》田《だ》定《さだ》夏《なつ》
発行人　浜村弘一
編集人　森　好正
発行所　株式会社エンターブレイン
〒一〇二-八四三一　東京都千代田区三番町六-一
電話　〇五七〇-〇六〇-五五五（代表）
発売元　株式会社角川グループパブリッシング
〒一〇二-八一七七　東京都千代田区富士見二-一三-三
編　集　ファミ通文庫編集部
担　当　宿谷舞衣子
デザイン　アフターグロウ
写植・製版　株式会社オノ・エーワン
印　刷　凸版印刷株式会社
定価はカバーに表示してあります。
あ12
1-3
972

ISBN978-4-04-726775-6